The Grinning Cats' Books

Marisa Livet

Storie di incontri improbabili

ISBN 978-0-244-55099-8

Visitate **WWW.MARISALIVETBOOKS.COM**
per informazioni su altri libri dello stesso autore
e per acquistarli.

Marisa Livet

Storie di Incontri Improbabili

Indice

Al vecchio "Costa"
perché continui a leggere i miei libri e a
ispirarmi altri racconti.

Il Clandestino.

"Forse solo il silenzio esiste davvero."
~ José Saramago ~

Il vicolo era ancora avvolto nelle ragnatele scure della notte; ma a guardare su, oltre al profilo dei tetti, ci si rendeva conto che l'alba si era messa già a pitturare il cielo con le sue tinte pastello.

I passi di Lapo Tramontina risuonavano sull'acciottolato e il loro eco era amplificato dal silenzio circostante. Lapo era di ottimo umore e cominciò a fischiettare una delle sue canzoni favorite. La musica gli piaceva tanto, ma non gli sarebbe mai passato per la testa di mettersi a cantare. Cantare significa pronunciare parole. Lapo Tramontina, il padrone del bar 'RaBARbaro', era più che semplicemente taciturno. Proprio non gli andava la comunicazione verbale, sebbene fosse un tipo gentile e amichevole. Fischiare era la scelta ideale per Lapo; musica senza il bisogno di parole.

La moglie di Lapo, Rosalba, si era svegliata, sentendo muovere il marito.

"Lapo, che fai? È ancora molto presto…"

Ma non si era aspettata nessuna risposta. Lo conosceva bene il suo Lapo. Ormai lei sapeva interpretare il senso di ogni suo sguardo o gesto. Lapo aveva sorriso silenziosamente e aveva agitato leggermente una mano come per tracciare un disegno per aria, il che stava a significare *"Va tutto bene. Solo non ho più sonno. Vado ad aprire il bar, un pochino in anticipo, ma tu resta tranquilla a letto, e dormi ancora un po' se ti va."*

Poi si piegò per deporre un bacio leggero sulla fronte di Rosalba, come per dire *"Ti voglio bene, tesoro mio, ci vediamo dopo al bar."*

Lapo, un uomo alto e allampanato, sui quarant'anni, che guardava il mondo con uno sguardo vagamente malinconico e distratto, era parecchio diverso dal cliché tradizionale del barista professionale. Invece era un maestro nel suo genere e il suo cappuccino era famoso.

L'estate si era fatta già rovente, in modo quasi crudele, a Capacciano e spesso era difficile prendere sonno con un tempo tanto afoso. L'alba era il momento più fresco, e anche il più tranquillo. Lapo l'amava per entrambe queste ragioni.

Non abitava lontano dal bar. Quando stava lasciando il vicolo per sbucare all'angolo della piazza, sentì il rumore solitario del motore di un'auto. Non era il solo del villaggio a essere già per strada. Dopo pochi passi, Lapo vide, nella luce che stava poco a poco aumentando, una figura che riconobbe. Amelio Sanchini, il sindaco di Capacciano, soprannominato paradossalmente 'Riccioli d'Oro', per via della sua totale calvizie, gli stava camminando incontro, arrivando dalla piazza, dove aveva sicuramente parcheggiato, perché nel vicolo non c'era spazio abbastanza.

"Buongiorno, Lapo! Sei caduto dal letto stamattina?"

Lapo fece segno di sì con la testa e sorrise silenziosamente, puntando il dito più o meno in direzione del suo bar, il che voleva dire *"Buongiorno, sindaco. Le andrebbe un caffè? Sto andando ad aprire il bar proprio adesso."*

"Ti ringrazio, Lapo. Non adesso. Sono morto di stanchezza e ho solo voglia di ficcarmi a letto e dormire. Sono appena arrivato da Roma, dove ho partecipato a un noiosissimo incontro tra sindaci e rappresentanti del governo. Poi c'è pure stata la cena ufficiale. Non so come gliel'ho fatta a guidare fino a casa senza incidenti. Ci vediamo." Il sindaco Sanchini, come quasi tutti quelli del paese, era abituato ai silenzi di Lapo e sapeva come interpretarli.

Sempre fischiettando, con un'intonazione melodiosa, Lapo Tramontina arrivò alla porta laterale del suo bar, incastrato in una casa antica, di un color ocra brillante, come la maggioranza delle case del paese. Rosalba aveva già preparato l'impasto lievitato per sfogliatelle e croissant e a lui sarebbe semplicemente spettato il compito di infornarli per averli ben dorati e fragranti, pronti per i primi clienti della giornata.

Lapo tirò fuori le chiavi e cercò di aprire la serratura, ma incespicò in qualcosa di cui non si era accorto. Guardò giù, dall'alto della sua cospicua statura e incontrò lo sguardo serio di un bambino, che stava raggomitolato sul gradino.

Lapo lasciò il fischio a mezz'aria per la sorpresa e non seppe tirar fuori neanche mezza parola—il che non era strano per lui, come ormai lo conosciamo. Sorrise per rassicurare il bambino. Si trattava di un maschietto, con i capelli così chiari da sembrare un albino.

La circostanza insolita necessitava uno sforzo, e Lapo fece del suo meglio per pronunciare una frase.

"Ciao. Che ci fai qui? Come ti chiami?"

Il bambino non rispose. Si limitò a scuotere la testa con determinazione. Non sembrava spaventato, solo perplesso. Lapo notò che il piccolo sconosciuto si presentava in buonissime condizioni; era vestito con una maglietta carina e un paio di calzoncini di jeans corti, entrambi perfettamente puliti. Aveva i piedini dentro a un paio di calzine rosse, ma era senza scarpe.

Lapo si puntò l'indice contro il petto e scandì

"L-A-P-O"

Quindi rivolse la mano verso il bambino indicandolo. Fu necessario ripetere questa procedura un paio di volte ma Lapo era un uomo calmo e paziente. Finalmente il bambinetto reagì e con una vocetta fine, ma stranamente gutturale disse

"Sven. S-V-E-N"

Il contatto era stabilito. Sven—se era questo il suo nome—lanciò a Lapo uno sguardo inquisitorio e, con la sua vocina gutturale, disse qualcosa in tono interrogativo.

"Hvor er min mor og pappa?"

Fu il turno di Lapo di scuotere la testa e poi aggiunse un piccolo gesto rotatorio con la mano, che stava a significare che non ci capiva un accidente. Sven sembrò accettare la situazione seraficamente e non insistette. Nel frattempo Lapo aveva aperto la porta del bar e acceso le luci. Poi incoraggiò Sven a entrare con un gesto. Non poteva mica lasciare un bambino piccolo, tutto solo, nella piazza. Il bambino gli trotterellò dietro, come un cagnolino ubbidiente, e guardò attorno con attenta curiosità. Lapo pensò che Sven fosse probabilmente troppo piccolo per bere caffè, così gli preparò una tazza di cioccolata, sormontata da una cupoletta di panna montata, e gliela mise davanti. Il bambino aveva continuato a osservare tutto quanto e si era seduto a uno dei tavolini rotondi. I croissant non erano ancora pronti, ma Lapo allungò a Sven un piattino con dei biscotti.

"Takk. Dette er veldig bra." Sven borbottò con la bocca piena. Aveva ancora quella sua arietta seria, ma non era per nulla spaventato. Quanti anni poteva avere? Lapo se lo stava chiedendo. Forse sei o sette. Era abbastanza alto. Ma che accidenti ci faceva lì da solo, parlando in una lingua misteriosamente incomprensibile?

Lapo cominciò a preparare tutto il necessario per l'apertura del bar e mise in forno croissant e sfogliatelle. Sven era tutto preso dalla sua tazza di cioccolata, ma contemporaneamente non si perdeva alcun gesto di Lapo.

Il padrone del bar prese una sedia e si sistemò di fronte a Sven, posando sul piano del tavolino un foglio di carta e una biro, tirati fuori da un cassetto sotto il bancone. Di nuovo indicò se stesso e scrisse '45', mostrandolo a Sven, poi spinse la biro verso al bambino.

Sven si concentrò aggrottando la fronte. Le sue sopracciglia erano così chiare da essere quasi invisibili. Sembrò pensarci su, poi, ignorando la penna, mostrò la sua manina aperta a Lapo.

"Fem. Jeg er fem år gammel".

Lapo non sprecò tempo a cercare di capire l'oscura frase, ma le cinque piccole dita, che il bambino gli mostrava, erano una risposta abbastanza chiara.

"Uh, ha solo cinque anni, ma non piange ed è già capace di leggere, almeno i numeri. Che bambino furbo!" Pensò Lapo, quasi con ammirazione. Ma doveva sapere come aveva fatto Sven ad arrivare davanti al 'RaBARbaro', alle cinque del mattino.

Cercò di incoraggiare il bambino a usare la biro e il foglio, sperando che non sapesse scrivere abbastanza bene da comporre frasi in quella sua lingua strana.

Sven sembrò capire quello che l'uomo si aspettava da lui e, sempre con la stessa espressione seria, forse perfino più seria adesso che aveva un compito da svolgere, disegnò, con l'approssimazione di un bambino, ma in modo assolutamente riconoscibile, una figurina di automobile.

"Ah, allora sei arrivato in auto, è così?" Pensò Lapo, giacche, per fortuna, era esonerato dal parlare.

Di colpo prese Sven per mano e lo trascinò fuori dal bar, nella piazza, dove era parcheggiata l'auto del sindaco, proprio lì di fronte.

Alla fine Sven sorrise e fece sì con la testa, indicando la macchina col suo piccolo dito indice.

Lapo lo prese in braccio, ricordandosi improvvisamente che il bambino era senza scarpe, e s'incammino verso l'abitazione del sindaco, che era appena più in là, nel vicolo. Non ebbe alcuna esitazione a suonare al citofono, sebbene sapesse che Amelio Sanchini si era probabilmente appena addormentato. Va bene che il sindaco era stanco morto, ma come aveva fatto a dimenticarsi un bambino in quel modo, in mezzo alla piazza? Fu la voce di Loredana Sanchini, impastata di sonno, che rispose al citofono dopo qualche minuto. Lapo era tristemente conscio che sarebbe stato necessario esprimersi a parole e fece del suo meglio per concentrare le informazioni fondamentali che doveva comunicare. Se una persona normale avrebbe usato un numero di parole più cospicuo per spiegare l'inattesa circostanza e una persona loquace avrebbe parlato per cinque minuti buoni, Lapo riassunse tutto in quindici parole.

"Scusi il disturbo, signora Sanchini. Sono il Tramontina, Lapo. Il sindaco ha dimenticato il bambino."

Loredana Sanchini, la moglie del sindaco, era una donna pratica e di buon senso. Spinse il pulsante per l'apertura del portone.

"Venga su, Lapo. Mi farà capire un po' meglio tutta questa storia. Questo bambino è lì con lei?"

Lapo salì all'appartamento dei Sanchini, sempre con Sven in braccio. Il bambino si guardava in torno con una certa apprensione, ma era ancora abbastanza calmo.

Loredana Sanchini, che aveva infilato in fretta una vestaglia a fiorellini, stava all'ingresso dell'appartamento. Spalancò gli occhi quando vide il bambino.

"Ma che carino! Che cosa gli è capitato, Lapo? Dove l'ha trovato? Prego, entrate, entrate! Amelio, Ameliooo!" Poi aggiunse

"Mi scusi. Credo non abbia sentito. È appena arrivato a casa e si è fiondato subito a letto; penso stia dormendo, ma adesso vado a chiamarlo. Solo un momento. Si accomodi intanto."

Senza saper bene cosa fare, Lapo Tramontina si lasciò andare su una poltrona, tenendosi Sven sulle ginocchia. Un paio di minuti più tardi, Amelio Sanchini, il sindaco di Capacciano, emerse dal corridoio, seguito dalla moglie, che aveva l'aria stupita e preoccupata.

Sanchini era un omaccione sulla quarantina, con la faccia ornata da una folta e lunga barbaccia nera e baffoni altrettanto impressionanti, forse per controbilanciare la testa completamente calva. Il suo aspetto inquietante lo faceva assomigliare a un pirata o a un brigante tagliagole, almeno al primo sguardo, perché poi risultava immediatamente chiaro che il sindaco di Capacciano era mite e gentile come un agnellino. Oltre a tutto questo, in quel momento aveva pure gli occhi rossi e gonfi, perché era stato svegliato di colpo dopo un sonno brevissimo.

Fu troppo per Sven, che per la prima volta perse il suo flemmatico autocontrollo e scoppiò in lacrime, aggrappandosi stretto al collo di Lapo, col serio rischio di strangolarlo.

"Che diavolo sta capitando qui?" Il sindaco Sanchini, che era una bravissima persona, si vergognò, quando capì di aver spaventato il bambino.

Lapo, che faticava a respirare, perché Sven lo teneva stretto per il collo, mormorò con un certo sforzo,

"Lei si è dimenticato il bambino in macchina, sindaco."

Amelio Sanchini roteò gli occhi, incredulo.

"Non ho mai visto questo bambino in vita mia…"

Rosalba Tramontina non era riuscita a riaddormentarsi. Si era girata e rigirata nel letto, disturbata dalla sensazione di calore umido delle lenzuola. La notte era stata talmente afosa che avevano sudato nel sonno. Ma adesso un'arietta fresca e confortante entrava dalla finestra spalancata. Rosalba si disse che la cosa migliore da farsi sarebbe stata raggiungere Lapo al bar e godersi la frescura dell'alba.

Quando arrivò al 'RaBARbaro', trovò le luci accese ma non c'era traccia di Lapo. Rosalba si accorse che i croissant nel forno stavano assumendo un colore pericoloso, in bilico tra il "ben cotto" e il "bruciato". Li sfornò in fretta, chiedendosi perché mai Lapo non li avesse sorvegliati. Di sicuro era nel cortiletto interno, dove tenevano varie cose del bar. Rosalba, però, notò con preoccupato stupore che la porta di accesso al cortile era ancora chiusa a chiave. Lapo non poteva essere uscito da lì, e allora dov'era? La donna si sentì invadere da una sottile angoscia. La piazza era deserta. Era domenica e la gente del paese era ancora sprofondata nel sonno, ad eccezione, forse, di pochi pescatori appassionati, che avevano già preso la direzione delle rive dell'Arno. Rosalba si era accorta che le sole luci accese nel vicolo corrispondevano all'alloggio del sindaco. Che cosa potevano fare di meglio i cittadini in ansia che chiedere l'aiuto del loro sindaco?

Rosalba premette il campanello del citofono dei Sanchini. Quando sentì la voce di Loredana, la parlò in agitazione

"Loredana, sono Rosalba. Scusami per l'ora. Ho visto le luci accese lì da voi…Sono preoccupata, Lapo è scomparso e ha lasciato il bar aperto e il forno acceso…Ho tanta paura che lo abbiano aggredito, forse rapito…"

"Non preoccuparti, Rosalba, Lapo è qui. Sali. Questa mattina capitano strane cose."

Rosalba trovò una scena inaspettata nel salotto dei Sanchini. Amelio Sanchini, con addosso solo i pantaloni del pigiama e una canottiera, aveva l'aria distrutta. Loredana Sanchini, in vestaglietta a fiori, stava accarezzando i capelli color biondo pallido di un bambino, appollaiato sulle ginocchia di Lapo. Il bambino tirava su col naso e aveva ancora tracce di lacrimoni lungo le guancine.

Rosalba fu troppo sorpresa per fare domande. Loredana cercò di spiegarle il poco che aveva capito.

"Lapo ha trovato questo piccolino, che dovrebbe avere cinque anni e si chiama Sven. Nessuno di noi capisce quello che dice. Ma sembra fidarsi di Lapo. Sven ha cercato di spiegare che è arrivato in macchina con mio marito, qui a Capacciano, ma Amelio non ne sa nulla e non l'ha mai visto prima. Non sappiamo bene cosa fare. La nostra piccola stazione dei carabinieri è ancora chiusa e dovremmo rivolgersi a quella di Arezzo. Ma abbiamo pensato che sarebbe traumatico per il bambino essere affidato a persone che ancora non conosce e che non parlano la sua lingua, qualunque essa sia."

Come avesse capito che si parlava di lui, Sven si aggrappò al braccio di Lapo, con espressione spaventata, come un animaletto in pericolo.

Rosalba parlò anche a nome del marito, come era abituata a fare.

"È ovvio che il bambino resterà con noi fino a che non si ritroverà la sua famiglia. Ce lo portiamo al bar. Poi, appena possibile, telefonerò al tenente Ciricola, che è sempre tanto gentile. Lui saprà cosa fare."

Il sindaco Sanchini, senza rendersene conto, prese a grattarsi vigorosamente l'impressionante barba nera.

"Mi domando come ci è finito nella mia auto questo bambino…mi sono fermato solo una volta, in autostrada, per fare il pieno, subito dopo essere partito da Roma. Non mi sono per niente accorto di lui. Nel frattempo sarebbe una buona idea se trovassimo qualcuno che possa più o meno capire quello che dice il bambino. Mi sembra che parli una lingua scandinava, probabilmente lo svedese."

"Uhm, il macellaio ha un fratello che ha sposato una svedese..." Loredana si concentrò per ricordare.

"Chiamiamolo." Sanchini si mise a sfogliare un'agenda sulla sua scrivania. "Non ho il suo numero privato, solo quello della macelleria, ma oggi è domenica..."

"Piovani, si chiama Piovani. Alberto Piovani." Lapo Tramontina dette il suo laconico ma fondamentale contributo.

Il fratello di Alberto Piovani era proprio sposato con una svedese. Dopo aver svegliato anche la sua famiglia e aver spiegato la situazione alla signora Sigrid Piovani, il piccolo comitato per l'assistenza a Sven prese accordi con lei perché venisse appena possibile al bar di Lapo, sulla piazza principale.

Il sindaco Sanchini, ormai rassegnato a rimandare ancora il suo meritato riposo, si vestì e si avviò con la moglie e gli altri al 'RaBARbaro'.

Lapo si mise a preparare cappuccini, e Rosalba offrì i croissant, che aveva fortunosamente salvato prima che fossero miseramente ridotti in cenere. Sven mostrava sempre un grandissimo interesse per tutto quello che faceva Lapo, particolarmente quando preparava una densa schiumetta di latte perfettamente calibrata per dare il tocco finale ai cappuccini e li decorava creando l'iniziale del nome di ciascuno con polvere di cacao.

Lapo lanciò un'occhiata di traverso a sua moglie, con una muta domanda. Rosalba, come sempre, lo capì.

"Non penso che un pochino di caffè possa fargli male, particolarmente se ci metti tanto latte."

Rassicurato Lapo fece un cappuccino speciale per Sven, con doppia dose di schiuma di latte e, naturalmente, ci tracciò sopra, con la sua solita maestria, una bella "S".

Sven corrugò le sopracciglia e poi si aprì in un largo sorriso e disse

"S, Sven. L, Lapo"

Tutti capirono che una nuova porta di comunicazione si era appena aperta, e il sindaco mostrò la sua tazza al bambino, che sembrava sempre preoccupato, ma meno terrorizzato, quando Sanchini gli si avvicinava.

"A, Amelio. S, Sven"

Sven annuì e volle ispezionare anche le tazze degli altri, come fosse un modo per presentarsi a vicenda.

"L, Loredana"

"R, Rosalba"

"Che bambino intelligente. Sa già leggere. Ma mi hai detto che ha solo cinque anni!"

Loredana Sanchini era entusiasta.

Lapo puntò il dito verso Sven e gli fece vedere le sue cinque dita aperte. Sven confermò mostrando a sua volta i suoi cinque ditini ai presenti; poi piegò il pollice all'interno del palmo e lasciò visibili solo quattro dita, alla fine mostrò ancora tutte e cinque le dita e indicò Lapo.

"Oh, ma sa anche la tua età!" Rosalba non riusciva a crederci, tutta presa dalla meraviglia e, spinta dalla sua natura estroversa e affettuosa di donna del sud, cercò di abbracciare Sven, che se ne restò fermo, ma tutti irrigidito.

Fu proprio in quel momento che si materializzò sulla soglia del 'RaBARbaro' una donna di mezz'età, alta e forte. Sigrid Piovani aveva capelli grigio-ferro, tagliati corti, e occhi ugualmente grigi. Non assomigliava per niente al cliché della sexy e biondissima bellezza svedese, sembrava piuttosto un'infermiera privata, molto professionale e austera. Salutò tutti con un sobrio sguardo circolare, e poi identificò la ragione che l'aveva fatta convocare dal sindaco così presto di mattina.

"Hej, vad heter du? Var är dina föräldrar?"

Il suono era gutturale e tutti si aspettavano che Sven potesse finalmente capire e rispondere. Ma il bambino sembrava perplesso. Tuttavia parlò

"Jeg heter Sven, fru. Men jeg forstår ikke godt hva du forteller meg."

Sigrid Piovani scosse il capo.

"Uhm, lo capisco un pochino. Non è mica svedese. È norvegese. Ma mi è venuta un'idea. Nelle nostre scuole, i bambini imparano l'inglese già da piccolini e molti di loro crescono praticamente bilingui. Fatemi provare; con un po' d'inglese e un po' di svedese mi farò capire da questo giovane gentiluomo norvegese."

E finalmente la donna sorrise, perdendo immediatamente la sua precedente espressione severa e impettita.

Qualche croissant e un altro giro di cappuccini più tardi, tutto cominciò a farsi molto più chiaro. Sven riuscì a spiegare che era arrivato in Italia in vacanza con papà e mamma, in aeroplano, poi papà aveva preso una macchina (probabilmente noleggiata in un'agenzia all'aeroporto, immaginarono i presenti). Sven si era addormentato sul sedile posteriore col suo pupazzo preferito, che, pare, adesso gli mancasse tantissimo, un grosso dinosauro, chiamato Olaf. Poi si era svegliato. La macchina era ferma e Sven aveva capito che dovevano essere a un distributore. Aveva bisogno di fare pipì, ma non c'era motivo di disturbare la mamma che dormiva anche lei sul sedile del passeggero, perché lui era ormai un bambino grande e sapeva cavarsela. Allora Sven era sceso dalla macchina, cercando i gabinetti, perché non era educato fare pipì fuori per strada. Era riuscito a trovare la porta, ma era chiusa a chiave, e allora era stato proprio obbligato a farla dietro a un cespuglio.

Poi era tornato alla macchina, che forse non era proprio dove lui la ricordava, ma l'aveva riconosciuta bene. Aveva tanto sonno, allora si era sdraiato nuovamente sul sedile dietro e si era addormentato subito. Quando si era risvegliato, era ancora buio, ma era solo in macchina e anche Olaf era scomparso. Era sceso e si era trovato in una piazza sconosciuta. Non riusciva neanche più a trovare i suoi sandaletti. Allora si era seduto su un gradino aspettando i genitori, ma era arrivato solo Lapo.

Il sindaco Sanchini, ormai in stato catalettico per la mancanza di sonno, fece lo sforzo di telefonare ai carabinieri di Arezzo e chiese del tenente Ciricola.

Poi tutto successe in fretta. Ciricola eseguì immediatamente i controlli necessari e richiamò il sindaco per informarlo che, effettivamente, una coppia norvegese aveva appena denunciato la scomparsa del loro bambino di cinque anni. Si trovavano a Napoli, sul molo Beverello, in procinto di imbarcare la macchina sul traghetto per Ischia, e si erano accorti che il bambino, che loro pensavano dormisse, era invece sparito. Il padre, un certo signor Odegaard, un avvocato di Tromsø, aveva deciso di viaggiare in macchina durante la notte, per evitare il caldo. Avevano noleggiato una macchina all'aeroporto di Milano, appena atterrati dalla Norvegia. L'avvocato Odegaard e sua moglie avevano cercato Sven invano per tutto il porto, poi erano andati a denunciarne la scomparsa.

Ciricola dette al sindaco Sanchini il numero di telefono del suo collega di Napoli, che aveva raccolto la denuncia di scomparsa. I genitori norvegesi erano ancora là, nel suo ufficio. Avrebbero potuto parlare per telefono col bambino, per essere completamente sicuri che fosse il loro, e poi si sarebbero affrettati a venire a riprenderselo.

Pochi minuti più tardi, Sven diventò immediatamente molto loquace, nella sua lingua incomprensibile, quando sentì la voce della mamma per telefono. I signori Odegaard, sarebbero partiti immediatamente per Capacciano, per recuperare il loro piccolo Sven, che, per fortuna, era sano e salvo. Ci tennero a esprimere tutta la loro gratitudine alle persone che si erano occupate di lui e chiesero loro di avere ancora un po' di pazienza e di non lasciare Sven da solo fino al loro arrivo. Parlavano un inglese quasi perfetto. Amelio Sanchini provò una certa vergogna, perché la sua conoscenza dell'idioma di Shakespeare era parecchio approssimativa.

A quel punto, in modo del tutto inaspettato, Lapo parlò.

"Sindaco, per favore, chieda ai genitori di Sven il colore e il tipo dell'auto che hanno noleggiato…"

"Una BMW3, grigio chiaro…Accidenti, proprio come la mia!" Sanchini, nonostante la terribile stanchezza, che gli annebbiava il cervello, capì tutto.

Sven si aggrappava alla gamba di Lapo, restandoci appeso, mentre il padrone del bar, per gioco, lo trascinava su e giù.

"Du er som Olaf, stor og stille, jeg elsker deg." Disse Sven, guardando su, verso Lapo.

"Dice che lei è come Olaf, grande e silenzioso e le vuole tanto bene." Sigrid Piovani tradusse.

Lapo non disse niente.

Il Festival
Rinascimentale

"Oh, signore, lei sa bene che la vita è piena d'infinite assurdità, le quali sfacciatamente non han neppure bisogno di parer verosimili; perché sono vere."
~ Luigi Pirandello ~

La prima edizione del Festival Rinascimentale di Capacciano aveva avuto un successo inaspettato, al di là di ogni più rosea previsione. Loredana Sanchini si era impegnata con passione e tenacia per organizzarlo, vincendo la resistenza del marito, il sindaco, sempre cauto quando si trattava di affrontare iniziative aleatorie, che potevano ripercuotersi sulle casse comunali.

"Loredana, tesoro, ci sono già fin troppi festival e fiere nella nostra regione. Oltre a ciò, Capacciano è un paese abbastanza piccolo, senza il fascino delle più note città d'arte."

"Ma è proprio per questa ragione, Amelio. Non si tratterà di una fiera tradizionale, bensì di una giornata a tema. I partecipanti saranno benvenuti e nessuno li obbligherà a comprare niente su discutibili banchetti di un mercato delle pulci improvvisato. Al contrario il nostro municipio offrirà loro cibo e bevande, ma solo se indosseranno adeguati costumi, ispirati al Rinascimento. I visitatori non in costume non saranno ammessi nei vicoli e nella piazza del nostro centro storico; avranno solo l'autorizzazione di scattare foto fuori dalle mura, durante la sfilata finale e…"

"Sì, amor mio, capisco. Ma chi dovrebbe pagare per tutto questo? Lo sai ben che il nostro bilancio…"

"Scusa, tesoro, ma sei tu che non capisci. Ho già preso contatto con i commercianti del paese e tutti sarebbero d'accordo. Offrirebbero le nostre specialità gastronomiche, e rappresenterebbe un'ottima occasione per promuoverle. Molti visitatori arriverebbero in paese anche in futuro. Io mi occuperò dell'intera organizzazione. Tu dovrai limitarti a firmare le autorizzazioni e a concederci la disponibilità dei luoghi."

Il sindaco Sanchini adorava la moglie, che stimava e considerava la migliore delle donne. Non sapeva opporsi, e Loredana, ancora una volta, l'ebbe vinta.

Lei mantenne la parola e si fece carico di tutta la parte organizzativa dell'evento. Pubblicizzò il festival non solo sulla stampa locale, ma anche su quella nazionale. Riuscì a creare una rete di comunicazioni sui social. Anche se non ne era un'adepta, era ben conscia della loro sempre più crescente importanza nella diffusione di notizie. Trovò perfino il modo di attrarre l'attenzione delle televisioni, che dedicarono un piccolo spazio al futuro, divertente evento in alcuni programmi.

Il Festival fu fissato per il due di maggio. Una data ben scelta, perché il primo di maggio era un giorno festivo che inaugurava un ponte di vacanza.

La partecipazione all'evento fu cospicua. La gente sembrava divertirsi all'idea di indossare i costumi e l'identità di personaggi rinascimentali e passeggiare per le antiche stradine di Capacciano, in una zona sicura, dove tutto era graziosamente offerto dalla municipalità. Solo le macchine fotografiche erano ammesse, poiché, logicamente le persone volevano avere dei ricordi visuali di quella divertente giornata. Le mani di cavalieri, damigelle, dame, mercanti e soldati reggevano incongruamente i loro telefonini. La licenza storica era accettata allegramente, perché era parte del gioco. Le persone si divertivano, non stavano dando lezioni di storia.

Gruppi folclorici erano arrivati in pullman da diverse regioni d'Italia e alcuni perfino dall'estero.

I visitatori, che erano venuti solo ad assistere alla sfilata finale, senza indossare alcun costume tematico, si erano concentrati nella piazza nuova, fuori le mura, e anche loro si erano divertiti.

Era stata una giornata fantastica. Loredana Sanchini, il cui aspetto di solito molto sobrio era messo in valore dal suo costume sontuoso, ispirato al ritratto di Cecilia Gallerani, l'amante di Ludovico il Moro, duca di Milano, era stanca morta, ma infinitamente felice. Lei avrebbe desiderato che il suo amatissimo marito, il sindaco Amelio Sanchini, potesse impersonare Ludovico Sforza in persona. Sfortunatamente Amelio non sarebbe stato credibile come Duca di Milano, perché era calvo con un'impressionante barba nera e relativi baffoni, mentre il Duca era, come mostrato in molti ritratti, del tutto sbarbato e con una folta capigliatura.

Loredana non si era arresa. Voleva a tutti i costi trovare un personaggio importante come ispirazione per il costume del marito, che lei trovava personalmente molto seducente. Dopo lunga riflessione, scelse il re di Francia Francesco I, che aveva baffi e barba scuri e, in molti ritratti, indossava pure un elegante berretto, che avrebbe mascherato la calvizie del sindaco.

Il risultato finale del costume prescelto fu indubbiamente impressionante, ma il sindaco assomigliava molto di più a un elegante pirata uscito da un film della Disney, piuttosto che al colto re di Francia. Ma andava bene così. Era un gioco e la cosa più importante era godersi la giornata.

Quasi tutti i partecipanti se ne erano già andati. Nella piazza principale il macellaio, il panettiere e gli altri negozianti, che si erano dati tantissimo da fare per contribuire al successo dell'evento, stavano smontando le lunga tavole e i banconi, dove avevano servito tutti i tipi di delizie locali e bicchieri di vino. Anche loro non erano per nulla delusi, perché molti dei partecipanti in costume avevano fatto scorta, acquistando i prodotti assaggiati per portarseli a casa, dopo averli provati gratis tutta la giornata.

Amelio Sanchini, che aveva sudato come un bisonte, in modo molto poco regale, sotto i pesanti panni de re di Francia—i primissimi giorni di Maggio erano già molto caldi—era già rientrato a casa e stava pregustando la gioia di una magnifica doccia tiepida.

Loredana Sanchini, invece, come il capitano di un glorioso veliero, intendeva restare sul ponte di comando, fino a che l'ultimo marinaio non fosse sbarcato. Però anche lei sentiva caldo e si decise a cercare un po' di frescura, sulle rive dell'Arno, su una panchina dove solitamente le piaceva sedere per leggere un libro.

Fu quasi delusa di scoprire che la "sua" panchina favorita era occupata.

Un uomo anziano se ne stava là seduto, apparentemente distratto, fissando un punto impreciso nel cielo. Loredana non poté fare a meno di apprezzarne il costume, accurato in ogni dettaglio. L'uomo indossava una calzamaglia di un assurdo rosa e una specie di tunica, con maniche a sbuffo e spalle leggermente imbottite, di una tonalità di rosa leggermente più intenso. La tunica era ricamata con un complicato intreccio di fili dorati. Non portava alcun copricapo; aveva lunghi capelli bianchi, ondulati e una soffice barba bianca che gli arrivava quasi al petto.

"Buona sera!" Loredana salutò l'uomo e si decise a sedersi di fianco a lui, perché era davvero stanchissima. I piedi le facevano male in modo atroce, dopo essere stati imprigionati dentro un paio di scarpine bellissime, ma tremendamente scomode, per troppe ore.

"Ah, buona sera! È davvero una sera bellissima, vero?"

Il vecchio parlò con uno spiccato accento toscano, forse fiorentino. Aveva una voce melodiosa, leggermente baritonale. Una voce da uomo giovane, non da vecchio. Loredana si chiese se quella bella barba fluente fosse finta. Ma la faccia dell'uomo era tutta solcata da un reticolo di rughe, assolutamente autentiche, tra cui spiccavano due occhi azzurri, che sembravano quelli di un ragazzo.

"Sì, una serata tanto quieta. Ma spero che le sia piaciuto il festival. A proposito, mi congratulo per il suo costume, è splendido."

"Oh, è solo vecchio." L'uomo sorrise. "Mi piace tanto il colore, allora lo indosso spesso."

Loredana pensò che l'uomo dovesse essere stato molto attraente da giovane, ma ancora conservava consistenti tracce della sua bellezza passata. C'era qualcosa nel modo in cui si guardava attorno, nel tono della sua voce, che trasmettevano serenità.

Lei insistette, come cercando conferma.

"Le è piaciuto il nostro evento? È la prima volta che lo organizziamo. Ci ha fatto piacere che ci sia stato questo gran numero di partecipanti. Vede, è stata una mia idea, Sono Loredana Sanchini, la moglie del sindaco."

Il vecchio sorrise di nuovo e, invece di rispondere, indicò col dito un falco in volo al di sopra del fiume.

"Guardi, non è una meraviglia? Gli uccelli mi hanno sempre affascinato. Sono sicuro che un giorno saremo in grado di comprendere completamente il segreto del loro volo."

"Ha ragione. Anche a me piace osservare il volo degli uccelli. C'è tutta una grazia particolare nel loro muoversi, e ogni uccello vola in un modo diverso." Loredana esitò, temendo di aver detto solo una grande banalità. Ma il vecchio uomo annuì e ripeté a se stesso.

"Ogni uccello vola a suo modo… dipende dalla dimensione e dalla forma delle ali, dal peso, dalle abitudini…" Poi probabilmente si accorse di non aver ancora risposto alla domanda della donna e non volle sembrare scortese.

"La sua città è bellissima, così pulita; profuma di buono. Rarissimamente ho visto strade così ben tracciate e costruite. Ho passato una splendida giornata qui da voi. Così tante persone, tanto interessanti. E poi quel magnifico banchetto…così originale. Vede, a me piace provare tutto; di solito preferisco non mangiare carne, ma confesso di aver preso ben due porzioni di quell'insolito e delizioso pane croccante e sottile. Una delizia, coperta di formaggio fuso e di una strana salsa rossa, che non ho saputo identificare, ma dal gusto, direi, divino."

Gli occhi dell'uomo scintillavano di un entusiasmo quasi infantile, e, al tempo stesso erano colmi di profonda saggezza.

"Sono proprio contenta che lei abbia apprezzato le nostre offerte. Qui a Capacciano siamo orgogliosi dell'autenticità del nostro cibo."

"Oh, avete tutte le ragioni per andarne fieri. In vita mia ho preso parte a molti banchetti, anche presso le corti reali, ma non avevo mai avuto la fortuna di assaggiare cibi così particolari come quelli che avete qui. A volte le cose migliori sono semplici. Non c'è bisogno di aggiungere salse complicate, se gli ingredienti di base sono freschi e squisiti. Ho anche adorato un piatto che sembrava molto semplice. Dei bastoncini dorati di un legume o di una verdura, non so, fritti in olio d'oliva e serviti solo con un pochino di sale."

A Loredana era molto simpatico quel vecchio signore. Sembrava molto colto e di classe sociale elevata, ma rimaneva semplice and spontaneo nel manifestare i propri entusiasmi.

"Penso che lei sia in pensione oramai, ma mi chiedo qual era la sua professione..."

Di colpo Loredana si bloccò a metà frase, rendendosi conto che poteva sembrare troppo ficcanaso.

"In pensione? Uhm, non so bene che voglia dire, spero comunque di non dovermi ritirare dalla vita attiva, almeno fino a che resto lucido di mente abbastanza da continuare a imparare. Sono stato e ancora sono un ingegnere. Ma quando ero giovane, avrei voluto diventare un vero musicista. So suonare alcuni strumenti, ma una volta cantavo. Mi dicevano che avevo una bella voce. Purtroppo la vita, come lei sa, ci trascina in direzioni diverse...Mi sono guadagnato da vivere principalmente come ingegnere. Ma mi sono anche occupato di architetture. Ho provato a diventare un buon pittore, ma avevo dei limiti. Me la cavo bene a disegnare, ma non riesco ad eccellere negli affreschi. Ho fatto parecchi errori. S'immagini che una volta, a Firenze, avevo ricevuto un incarico molto importante; avrei dovuto decorare un'ampia parete. Ci ho lavorato moltissimo, ma poi, per la mia ignoranza, ho commesso uno stupido errore, che si è rivelato fatale. E tutto il mio lavoro è andato miseramente perduto. Di conseguenza non mi hanno neppure pagato."

L'uomo sorrise seraficamente, con una sana autoironia. Poi aggiunse,

"Ma, come ingegnere, sono davvero in gamba."

"Allora lei è di Firenze, vero?"

"Sono nato in un paesino, vicino a Firenze. Poi ho vissuto a Firenze per molti anni. In seguito, per motivi professionali, ho molto viaggiato. Sono stato a Milano per un bel po' di tempo, e adesso vivo in Francia."

"E lei è venuto qui dalla Francia? Come ha saputo del nostro festival locale? Sono lusingata che anche all'estero…"

"È difficile da spiegare. Diciamo che sono finito qui per caso. Ma le cose più importanti della vita capitano per caso, non è vero?"

"Ha l'intenzione di trascorrere qualche giorno qui ad Arezzo, prima di tornare in Francia?"

Loredana cominciò a pensare che magari poteva invitare questo interessantissimo signore a cena e poi, accompagnarlo in auto al suo hotel, visto che sembrava essere da solo."

La faccia del vecchio era sempre serena, ma c'era un velo di malinconia nei suoi straordinari occhi azzurri.

"Oggi è il due maggio, vero? E siamo quasi al tramonto. Me ne dovrò andare molto presto."

Loredana non insistette, ma, come spinta da un impulso irrazionale, non volle perdere il contatto con l'uomo, di cui ancora non sapeva il nome. Poiché era troppo beneducata per fargli domande troppo dirette e personali, decise di lasciare a lui la decisione. Tirò fuori una biro e un taccuino dalla tasca, nascosta tra le ricche pieghe della sottana del suo costume, e scrisse il suo indirizzo email, poi allungò il foglietto all'uomo.

"Ecco, qui lei ha il mio indirizzo email. Se ne ha voglia possiamo restare in contatto e sarà mio piacere informarla delle iniziative future e della data del prossimo festival rinascimentale."

L'uomo prese il pezzo di carta e lo sfregò tra le dita, come per valutarne la qualità.

"Che materiale straordinario!" Poi la sua attenzione si diresse verso la biro, che era un campione pubblicitario, con sopra stampato il logo di una pizzeria locale.

"Ma che idea intelligente! Posso provarla?" E si mise a tracciare linee veloci, sul lato opposto del foglietto di carta.

Loredana era perplessa. Pensò che l'uomo stesse scherzando e quasi si vergognò di avergli dato il suo indirizzo email scribacchiato malamente a biro, su una paginetta di taccuino, invece di consegnargli un bel bigliettino da visita.

Il vecchio sembrava seguire pensieri diversi, tutti contemporaneamente. Fissò Loredana direttamente, ma senza invadenza.

"Ho dimenticato di dirle che anche il suo abito è molto elegante. Mi sembra quasi di averlo già veduto. Lei lo indossa con molta classe"

Loredana si sentì felice per il complimento.

"Mi sono ispirata a un abito indossato da Cecilia Gallerani in uno dei suoi più famosi ritratti. Mi sarebbe piaciuto che mio marito si vestisse come Ludovico, il duca di Milano, per far coppia col mio costume. Ma mio marito, vede, è alto, pelato e con una barbaccia nera e baffoni, dunque…"

Il vecchio ingegnere scoppiò a ridere.

"Beh, Ludovico Sforza era davvero molto alto, ma non ha mai portato né barba, né baffi, e, se ricordo bene, non era nemmeno parzialmente calvo. Ora è morto." L'uomo aggiunse, come se fosse una notizia che qualcuno poteva ignorare. Sembrava perso in improvvisi ricordi

"Ah, la bella Cecilia Gallerani. Allora lei ha visto il suo ritratto. Quale? Oh, mi scusi, sono un vecchio scemo. Certo lei ha visto quello in cui Cecilia porta l'abito al quale lei si è ispirata per il suo. In effetti, la parte superiore è esattamente come l'originale, ma la gonna…"

Anche Loredana rise.

"Eh, nel dipinto la gonna non si vede, ma ho immaginato che fosse dello stesso colore delle maniche. Non so come mai…"

"Intuizione femminile…Lei ha avuto assolutamente ragione!" Il vecchio rise nuovamente, in tono leggero e gentile. " Ma lei non mi ha detto a chi si è ispirata per l'abito di suo marito…"

"Che vuole, mi sono sforzata di trovare un personaggio famoso dell'epoca che avesse barba e baffi ed ho scelto Francesco I, il re di Francia, e…"

Il vecchio sorrise con grande ilarità.

"Conosco bene sua maestà. Si sarebbe compiaciuto di vedere suo marito vestito come lui. Forse in Francia non gliel'avrebbero permesso, ma qui in Toscana nessuno si opporrebbe."

Come evocato dalla loro conversazione, il sindaco Sanchini scelse proprio quel momento per manifestarsi sotto forma di trillo di cellulare.

"Mi scusi." Loredana si alzò a si allontanò di alcuni passi per rispondere alla chiamata.

"Tesoro, è successo qualcosa? Mi stavo preoccupando…"

"Ma no, Amelio, tutto a posto. Sto arrivando."

Loredana Sanchini si avvicinò nuovamente alla panchina, per congedarsi dal vecchio signore.

"È stato un vero piacere chiacchierare un poco con lei. Ma ora devo proprio andare. Sono in ritardo e mio marito cominciava a preoccuparsi…"

Essendo di fretta, Loredana non fece caso al fatto che il vecchio sembrasse troppo stupefatto per rispondere. Con un cenno di saluto, lei si allontanò velocemente.

Fu un enorme sollievo togliersi il costume rinascimentale che le sembrava pesare una tonnellata, anche se Loredana aveva adorato indossarlo per tutto il giorno. S'infilò qualcosa di molto più comodo e informale, e rilassandosi sul divano del soggiorno, si appallottolò contro il petto del marito.

"Anche questa volta hai avuto ragione, Loredana, tesoro mio." Ammise onestamente il sindaco. "È stata una giornata importantissima per la nostra cittadina."

"Grazie di rendermene merito, caro." Loredana fece una buffa smorfia e il marito la abbracciò stretta.

"A proposito, Amelio, ho fatto tardi perché mi sono messa a chiacchierare con un vecchio signore simpaticissimo, che se ne stava tutto solo vicino al fiume. Ora che ci penso, mi sembrava un po' sperduto. Penso che sia venuto con i pullman dei gruppi folkloristici, ma poi li ha persi di vista e magari l'hanno dimenticato, Mi ha detto che era di Firenze, ma viveva in Francia. Mi sento in ansia per lui. Andiamo a dare un'occhiata se è ancora là o in giro per il paese. Forse ha bisogno di aiuto..."

Il sindaco scosse il testone pelato.

"Loredana, tu sei affetta dalla sindrome della dama caritatevole e pensi di essere al mondo per risolvere tutti i problemi altrui. Non è scritto da nessuna parte che tutti debbano essere nei guai in attesa del tuo soccorso. Ma ti apprezzo tanto, amore mio, non fraintendermi..."

In realtà l'ultimo dei desideri di Amelio Sanchini in quel momento era di rivestirsi e mettersi di nuovo a girovagare per il paese, cercando uno sconosciuto, che con tutta probabilità se ne era già andato.

Loredana capì che non sarebbe riuscita a convincerlo; tuttavia si sentiva spinta da un bisogno irrazionale di uscire a cercare il vecchio signore. Si alzò decisa.

"Devo andare a vedere. Altrimenti mi sentirò sempre più inquieta, probabilmente senza motivo. Torno prestissimo. Faccio un giro in piazza, fino alle sponde dell'Arno."

Loredana sentiva una strana ansia crescerle dentro. Capacciano era solo una cittadina e i Sanchini vivevano nel centro storico. In cinque minuti si arrivava a piedi alla piazza principale, dove c'erano ancora dei paesani che finivano di mettere a posto. Nessuno ricordava di aver visto un vecchio signore, alto e diritto, con una lunga barba bianca.

Loredana si diresse a passo spedito verso la panchina in riva al fiume, ma già da lontano, poté vedere che non c'era più nessuno. Malgrado ciò volle avvicinarsi e, nella semioscurità della sera, le sembrò di vedere qualcosa posato sulla panchina. Era il suo taccuino, con la biro di plastica della pizzeria e la paginetta staccata, dove lei aveva appuntato il suo indirizzo email. Si sentì delusa, senza sapere esattamente perché. Quando prese in mano il taccuino, di colpo vide che sulla prima pagina c'era un disegno. Non avrebbe saputo definirlo. Si spostò un poco per mettersi sotto la luce di un lampione.

Il disegno occupava l'intero foglio ed era fatto con precisi ed eleganti segni d'inchiostro blu—ovviamente era stato fatto con la biro. Era semplice e sublimemente accurato al tempo stesso. Rappresentava una copia riconoscibile della "Dama con l'Ermellino", ma il soggetto del ritratto, una donna, era riprodotto a figura intera, non solo fino alla cintura, come nel ritratto originale. La lunga gonna dell'abito era ben delineata in tutte le sue ricche pieghe.

Con una sensazione confusa, fatta di paura e di emozione, Loredana si rese conto che il volto della donna nel disegno era molto diverso dall'originale. Mostrava una donna più matura, e lei si turbò riconoscendo la forma del proprio naso, tutti i propri tratti e l'espressione precisa dei suoi occhi.

Le vennero in mente tutte le possibili spiegazioni logiche. Loredana era una donna intelligente e pragmatica e si disse che il vecchio ingegnere, che aveva detto di saper disegnare abbastanza bene, le aveva lasciato un piccolo omaggio per scusarsi di aver rifiutato il suo indirizzo email. Lei era stata troppo invadente con lui; era chiaro. Ma…ma. Come aveva fatto a riprodurre così velocemente e con tanta precisione un ritratto che, seppure famosissimo, lui non aveva davanti agli occhi? La qualità dei tratti, erano talmente unici, talmente preziosi, talmente…

"No, no, è impossibile." Si disse Loredana, mentre un sottile senso di vertigine le faceva quasi perdere l'equilibrio. "Ma e se fosse accaduto davvero?"

Capacciano, 2 maggio 2019.

Ecco la Sposa!

"**M**aledizione, perché deve proprio capitare tutto a me?" Erano le nove di sera. Giorgio Cini aveva appena finito di discutere l'impaginazione dell'album di nozze con una coppia di neosposi molto pignoli, e si sentiva stanco e affamato. Sarebbe stato difficile dire se desiderava di più il suo letto o una bella cena. Per fortuna lo studio era vicino a casa sua. Spense le luci, inserì l'allarme, chiuse a chiave la porta e s'incamminò verso casa, con un profondo senso di sollievo. Il maledetto cellulare scelse proprio quel momento per mettersi a squillare, e per guastargli il resto della serata con la più scocciante delle notizie.

"Maledizione, perché deve proprio capitare tutto a me?"

Giorgio Cini era un fotografo di talento che aveva saputo, negli anni, crearsi una florida attività, specializzandosi in reportage fotografici di eventi, in particolare matrimoni.

Una parte considerevole del suo successo, oltre alle sue innegabili capacità professionali, dipendeva dalla scelta intelligente di mantenere un carattere artigianale alla sua impresa, che favoriva il fattore umano. Giorgio aveva composto un validissimo team di collaboratori, che lui stesso aveva formato, per mantenere sempre uno stile di fotografia omogeneo, caratteristico del suo studio.

Per svolgere un servizio matrimoniale occorrevano almeno due fotografi e un operatore per le riprese video. Altrimenti Giorgio non avrebbe potuto garantire i consueti risultati di alto livello.

Quel fine-settimana sarebbe stato molto impegnativo per lo Studio Fotografico Cini. Avrebbero dovuto occuparsi di tre matrimoni in contemporanea, in tre località diverse.

Tutto era stato accuratamente pianificato e le tre squadre erano state organizzate con precisione. Giorgio aveva riservato per sé il più importante dei tre matrimoni, facendo squadra con il miglior operatore-video e un secondo fotografo d'indiscussa capacità. Ma c'è sempre l'inatteso effetto dell'imponderabile, che, come un malevolo granello di sabbia, può di colpo far inceppare anche il macchinario più efficiente e ben oliato.

In questo caso il dannato granello di sabbia rispondeva al nome di Martino Turbine, il secondo fotografo, che avrebbe dovuto occuparsi di uno dei matrimoni con Giorgio e Camillo Mauri, detto Millo occhio d'aquila, perché non mancava mai l'angolo migliore per le riprese.

"Maledizione, perché deve proprio capitare tutto a me?" Borbottò Giorgio, quando Martino Turbine, con sincero disagio, lo informò per telefono che il giorno seguente non sarebbe stato in grado di lavorare.

"Mi spiace da morire, Giorgio. Lo so di mollarti nei casini, ma ti sto chiamando dal Pronto Soccorso dell'ospedale, sì, qua ad Arezzo. Mi sa che mi sono fratturato il braccio destro e forse pure la gamba…" Martino s'interruppe e Giorgio lo sentì grugnire di dolore. "Non posso parlare adesso, il dottore mi sta controllando. È stato un ciclista, un deficiente di ciclista che andava come un razzo sul marciapiede…Mi ha preso in pieno alle spalle…Mi dispiace tanto, Giorgio."

Che cosa avrebbe potuto replicare Giorgio? Non era mica colpa di Martino, ma adesso dove lo avrebbe potuto trovare un sostituto valido per il mattino successivo?

Mentre camminava lungo stradina che conduceva a casa sua, di pessimo umore, Giorgio si mise a pensare disperatamente a una possibile soluzione. Gliene venne in mente solo una. Il ragazzo di sua figlia Paola, Malusi, era un discreto fotografo dilettante. Era anche un giovanotto educato, di bellissimo aspetto e di maniere amichevoli e cordiali. Ma la ragione principale per orientarsi su di lui era che Giorgio non conosceva nessun altro, capace di usare una macchina fotografica professionale, che fosse una persona di fiducia e, soprattutto, che potesse rendersi libero quel sabato.

In realtà non era proprio che Malusi fosse senza progetti per l'indomani; aveva già organizzato di passare un weekend al mare con Paola. Ma guardiamo le cose in faccia; Paola era la figlia di Giorgio. Lei avrebbe di sicuro capito l'emergenza e avrebbe rinunciato al mare. Di conseguenza, Malusi sarebbe stato libero di lavorare con Giorgio e Millo.

Paola era una ragazza giudiziosa che aveva capito bene i guai del padre.

"Non c'è problema, babbo. Posso venire anch'io con voi a dare una mano, se necessario."

"Uhm, meglio di no, Paolina. Potresti distrarmi Malusi, e l'incarico sarà già abbastanza pesante per lui. Fare un servizio fotografico a un matrimonio, dal mattino, fino a tardissimo la notte è difficile e faticoso. Dobbiamo rimanere sempre molto concentrati."

Malusi fu convocato per una veloce sessione di formazione, durante la quale fu deciso che avrebbe dormito a casa dei Cini, per far sì che entrambi fossero pronti a partire insieme, piuttosto presto, il mattino seguente.

Malusi viveva con i genitori e la sorella gemella alla fattoria 'L'Oliveto', a qualche chilometro da Capacciano. Suo padre, Themba Nkosi, un professore inglese originario dello Zambia, era il factotum dell'agriturismo e sua moglie, l'italiana Caterina, era la cuoca in seconda del ristorante incluso nella tenuta; ma questa è un'altra storia.

Malusi aveva chiesto a Giorgio se poteva portare sua sorella gemella a dare un aiuto con il reportage,

"Lei è una fotografa molto più brava di me lo sai bene, Giorgio…"

"Senza dubbio; Gianna ha un talento speciale per la fotografia, Ma, uhm, insomma, cercherò di spiegartelo. Lei è indubbiamente una delle ragazze più spaventosamente belle che abbiano mai messo piede su questo pianeta. Non se ne parla neppure di portarla al matrimonio, anche se solo come fotografa. Lei distoglierebbe, anche se del tutto involontariamente, l'attenzione dalla sposa. E tu devi sapere che il mio lavoro non consiste solo nello scattare foto; io devo anche far piacere ai miei clienti in ogni modo. Loro devono parlare di me positivamente a tutti i loro amici e conoscenti. È uno dei modi migliori per guadagnarsi nuovi clienti. Per questo motivo, anche se la sposa assomiglia a un bulldog ubriaco, in quel giorno speciale, lei deve essere trattata come l'incarnazione assoluta della bellezza. È la sua giornata."

Non c'era obiezione che Malusi potesse sollevare.

La prima parte di un reportage matrimoniale completo richiede immagini della sposa nella sua casa famigliare, mentre si prepara per la cerimonia. Queste foto sono di solito intime e delicate e testimoniano la classe del fotografo quasi come le tradizionali foto scattate durante la cerimonia stessa.

Giorgio aveva l'abitudine di dare importanza a ogni dettaglio, catturando le emozioni della promessa sposa e la sua famiglia.

La casa della sposa era una villa abbastanza anonima, di gente della piccola borghesia, né veramente elegante, né di cattivo gusto. L'originalità del servizio fotografico in questione sarebbe stata basata, nei progetti di Giorgio, sul fatto che la sposa avesse una sorella gemella, assolutamente identica, che, naturalmente, sarebbe stata la damigella d'onore. Le ragazze erano parecchio carine e le foto promettevano di venir fuori interessanti.

Giorgio aveva avuto subito la funesta impressione che le due gemelle non fossero particolarmente entusiaste del loro ruolo nella sessione fotografica. Tuttavia aveva mantenuto il controllo della situazione e deciso di ridurre al minimo gli scatti con le due ragazze insieme, per evitare tensioni. Poi si era concentrato sui dettagli, il bouquet e le emozioni sui visi della mamma e della nonna della sposa.

A Malusi era stato detto di non fare nulla di speciale, per il momento, a parte occuparsi delle sacche con gli obiettivi, i corpi-macchina e le altre attrezzature, e di non perderle mai di vista. Giorgio stava scattando foto e Millo filmava. Non avevano bisogno di altro aiuto. Malusi, ancora mezzo addormentato, decise di fare due passi attorno alla casa, per rinfrescarsi le idee. Involontariamente si trovò ad ascoltare una conversazione dai toni concitati.

"Ascoltami bene, Azzurra, tu non riuscirai a rovinare LA MIA GIORNATA! È chiaro?"

"Piersilvio era mio, mi amava. Tu me lo hai fregato, strappandomelo letteralmente dalle braccia. Non te la caverai così!"

Che accidenti stava succedendo dietro le imposte semichiuse di quella stanza?

La sposa aveva finito con le fotografie ed era orai pronta. Il team fotografico se ne sarebbe andato presto, per precipitarsi a prendere qualche foto dello sposo, che per fortuna non abitava molto lontano, e poi avrebbero raggiunto la loro postazione all'ingresso della chiesa, da dove avrebbero immortalato l'arrivo della sposa.

Malusi non poté impedirsi di salire su una panchina, posta sotto la finestra, e sbirciare all'interno.

La sposa, tutta avvolta nell'abito bianco, che sembrava una nuvola di panna montata, fronteggiava la gemella, elegante nel suo appena troppo appariscente vestito rosa cipria. Le due erano identiche in modo impressionante. Le loro espressioni non esprimevano esattamente gioia ed emozioni positive. Le due ragazze sembravano leonesse, pronte a combattere per impadronirsi della stessa carcassa di gazzella.

Malusi trattenne il fiato. Non voleva certo farsi beccare a spiare quelle due Erinni.

Improvvisamente la sposa, Selvaggia, tirò a sua sorella Azzurra un violento manrovescio, urlando.

"Basta così. Non riuscirai a rovinare il mio matrimonio per quella vecchia storia. Piantala adesso."

Malusi pensò che fosse assurdo da parte di Selvaggia pretendere di imporre la calma alla sorella, quando lei stessa stava urlando furiosa.

Azzurra rimase rigida e immobile, come pietrificata. Un sottile rivoletto di sangue prese a scorrerle lungo la guancia. Selvaggia l'aveva colpita con forza, con la mano sinistra, dove portava l'anello di fidanzamento.

In quel preciso momento Malusi sentì che Giorgio lo stava chiamando, dalla porta principale; si affrettò a raggiungerlo, perplesso e un poco preoccupato.

"Malusi, porco cane! Ti avevo raccomandato di aspettarmi con le sacche del materiale. Andiamo, datti una smossa. Dobbiamo sbrigarci per raggiungere la casa dello sposo; poi insieme a lui andremo alla chiesa …"

Giorgio non sembrava più l'uomo tranquillo e amichevole che Malusi conosceva. Cero aveva adattato il suo comportamento alle circostanze, e durante il lavoro era serio e severo.

Lo sposo, un giovanotto alto e palestrato, con un impressionante ciuffo sulla sommità della testa, mummificato da un'esorbitante quantità di lacca e gel, era pallido e nervoso. Malusi pensò che la faccia fosse notevolmente verdastra, in armonia con il serpente tatuato che gli emergeva parzialmente dal colletto della camicia.

La mamma e la sorella dello sposo erano indaffarate attorno a lui, come api attirate da un profumatissimo fiore gigante. Lo aiutarono a infilarsi la giacca del completo, che Malusi immediatamente etichettò come un totale abominio. Era una specie di smoking damascato di un orripilante e assurdo color smeraldo. La camicia straripava d'inutili pizzi. L'effetto finale era grottesco.

Scattarono una serie di foto, per testimoniare le fasi della vestizione dello sposo, ma era chiaro che Giorgio non considerava fondamentale dedicarci troppo tempo.

"Vedi, Malusi, in uno sposalizio lo sposo non ha molta importanza. È come una comparsa, un figurante. Solo la sposa conta davvero. Tienilo a mente. La sposa viene sempre al primo posto, poi le damigelle e le mamme. Sì, anche la mamma dello sposo conta più di lui. Certamente facciamo anche foto dello sposo col suo testimone. Ma l'attenzione deve sempre essere fissa sulla sposa. Lei può essere anche fotografata da sola; lo sposo invece mai."

Malusi ascoltava con divertito scetticismo quelle perle di saggezza, ma si rendeva conto che Giorgio conosceva benissimo tutte le sottigliezze del proprio lavoro, e aveva ragione.

Si misero in postazione in chiesa e si prepararono per catturare le immagini di uno dei momenti salienti della giornata: l'ingresso della sposa.

Lo sposo era entrato al braccio della madre, che era vestita come un enorme cioccolatino coperto di stagnola colorata.

Il cellulare di Giorgio cominciò a vibrargli nella tasca. Lui rispose e ascoltò con espressione seria, senza commentare. Poi spiegò a Millo, che lo fissava interrogativamente.

"Era la wedding planner, uhm, è un parolone per definirla, si tratta della cugina, che ha aiutato a organizzare la cerimonia. Insomma, sembra che la sposa abbia litigato con la gemella e adesso quella che avrebbe dovuto essere la damigella d'onore, rifiuti di venire al matrimonio. Pare se ne sia andata senza ulteriori spiegazioni, e adesso stanno disperatamente cercando un'altra ragazza, tra le amiche della sposa, che possa indossare il vestito da damigella d'onore." Giorgio rideva.

"Il problema è che Azzurra, come la sua gemella, è magra, slanciata e molto alta, mentre le altre ragazze sono molto più bassine, tranne una che è certamente alta, ma ha la corporatura di un rugbista. Mi hanno appena informato che ci sarà un certo ritardo…"

"Volevo parlarti di quello che ho visto, Giorgio." Malusi decise che era il momento propizio per farlo. "Ho visto la sposa, Selvaggia, che stava litigando con la sorella e…"

"Non è il momento per inutili pettegolezzi Malusi. Vediamo di approfittare di questo tempo in più a nostra disposizione per controllare le luci e prendere qualche altra foto degli invitati. Piazzati nella navata di sinistra e cerca di scattare qualche foto carina e non posata. Ci serviranno per riempire delle pagine supplementari nell'album,"

Dopo un certo tempo, che sembrò infinito agli ospiti e fu perfino più lungo per lo sposo, che se ne era rimasto piantato, in piedi, davanti all'altare, perso in un penoso imbarazzo, l'eco di un'improvvisa agitazione sul sagrato della chiesa, annunciò finalmente l'arrivo della sposa.

La cugina, che prendeva molto seriamente il suo ruolo di wedding-planner, gesticolava freneticamente all'indirizzo di qualcuno già dentro la chiesa, e il messaggio, silenzioso ma imperioso, fu trasmesso all'organista, che iniziò a suonare, dopo essersi di colpo scosso da una certa sonnolenza.

La breve processione fu aperta da due bimbetti, che avrebbero dovuto spargere graziosamente petali di rose rosse, pescandoli dai cestini che portavano con compunta attenzione. Purtroppo non correva buon sangue tra la bambina e il bambino, che si lanciavano sguardi di ostilità, ciascuno con la decisa volontà di fare meglio dell'altro. I due presero a tirarsi con energia furiose manciate di petali, fino a quando, la bimba, avendo finito le sue rosse munizioni, decise di scaraventare il suo paniere ormai vuoto direttamente in testa al bambino.

Fortunatamente le madri dei due piccoli nemici, che monitoravano ansiosamente la performance dei loro bambini, intervennero per ristabilire una certa pace, almeno apparente.

Seguiva la damigella d'onore. Era una ragazza snella e graziosa, che indossava bene l'abito di Azzurra, al meglio che poteva, considerando che era stato confezionato per una ragazza di almeno quindici centimetri più alta.

Qualcuno, con solerzia e rapidità, aveva imbastito velocemente l'estremità del vestito, per accorciarlo. Malauguratamente il precario lavoro di cucito non tenne, l'orlo cominciò a disfarsi e il sottile tacco dodici di una delle scarpine di raso della ragazza si prese in un punto allentato, facendole perdere l'equilibrio. La ragazza tentò coraggiosamente di tenersi in piedi, con un goffo saltello, ma il risultato tragicomico fu una specie di tuffo che la fece atterrare nel mezzo della navata principale.

Malusi non poté fare a meno di scattare a raffica, anche se dubitava seriamente che le sue foto dell'incidente sarebbero state selezionate per l'album. Uno dei testimoni si precipitò a rialzare la povera ragazza, che fortunatamente non sembrava essersi fatta male, ma era arrossita per la vergogna.

Finalmente la sposa fece la sua entrata trionfale senza altri incidenti. Il padre, orgoglioso ed emozionato, la affidò a chi stava per diventarne il marito.

Selvaggia era bellissima. Tutti gli occhi si fissarono su di lei. A Malusi era stato detto di restarsene vicino all'altare e scattare tutte le foto che poteva dei momenti più importanti della cerimonia, mentre Giorgio faceva lo stesso dall'altro lato.

Malusi cambiò l'obiettivo. Voleva zoomare sul viso di Selvaggia per catturare ogni dettaglio di emozione.

Stava pensando che quel lavoro gli piaceva, anche se era nuovo per lui, e voleva fare del suo meglio per impressionare Giorgio favorevolmente.

Ma un dettaglio rivelato dal teleobiettivo lo lasciò stupefatto. Sulla guancia sinistra della sposa, anche se ben mascherato dal fondotinta, Malusi vide abbastanza chiaramente un piccolo livido e un graffio.

Malusi era intelligente e svelto di mente, in un secondo si rese conto che la sposa non era Selvaggia, ma Azzurra.

Dov'era finita Selvaggia e che cosa le era capitato? Malusi non sapeva che pesci pigliare. Proprio in quell'istante il prete aveva appena posto la domanda fondamentale allo sposo, che, strangolato non si sa bene se dall'emozione o dal colletto della camicia, aveva borbottato un appena udibile "Sì!" E ora stava chiedendo la stessa cosa alla sposa, chiamandola Selvaggia. Ma Malusi sapeva per certo che non era Selvaggia, era Azzurra. Nessuno sembrava essersene accorto, neanche lo sposo, che la fissava come ipnotizzato.

Malusi era scioccato. Quel cretino tatuato non era neanche capace di riconoscere la sua fidanzata. La sposa pronunciò il suo "Sì!" con voce sonora e determinata.

A Malusi girava la testa. Quella ragazza era pazza. Che aveva fatto alla sua gemella? E il matrimonio…Malusi non sapeva se poteva considerarsi valido, ma le due sorelle erano davvero tragicamente identiche. Azzurra avrebbe potuto continuare a vivere la vita della propria sorella, ma cosa ne sarebbe stato di Selvaggia?

Malusi cercò Giorgio con lo sguardo, facendogli segni disperati. Ma non riuscì ad attrarre la sua attenzione.

Malusi seppe che non poteva perdere altro tempo. Forse la vera Selvaggia era in pericolo. Uscì dalla chiesa senza che nessuno ci facesse caso e trovò una vecchia bicicletta solitaria, abbandonata contro la porta della canonica. Non poteva mica prendere l'auto di Giorgio.

Pedalando con tutta l'energia che aveva, arrivò nuovamente alla casa della sposa. Non c'era nessuno. Malusi si sentì fuori posto. Non osava di certo forzare una serratura per tentare di entrare. Provò a fare un giro intorno alla casa. Nel cortile posteriore c'era un capanno per gli attrezzi da cui provenivano colpi furiosi. La porta era chiusa da un lucchetto e un catenaccio ma Malusi riuscì ad aprirlo a colpi di pietra; non era molto solido. La porta di legno si spalancò e Selvaggi, spettinata con addosso solo mutande e reggiseno gli cadde tra le braccia. Era stata imbavagliata con un pezzo di nastro adesivo. La ragazza mugolò di dolore quando lui glielo strappò via, e subito dopo si mise a strillare,

"Dannata troia!"

"Uhm, sei Selvaggia, vero?"

"Ma certo che sì. E tu chi diavolo sei?"

"Sono Malusi Nkosi. Il secondo fotografo della squadra di Giorgio Cini..." Cominciò a spiegare, senza neanche rendersi ben conto che teneva sempre in braccio una ragazza mezza nuda.

"Cheee? Io non ho ingaggiato immigranti clandestini per prendere le foro del mio matrimonio. Anche se devo ammettere che tu sei piuttosto carino."

A Malusi montò il nervoso e spinse via la ragazza.

"Io sono italiano, ma, anche se fossi stato un immigrante africano, non vedo perché non avrei potuto essere un ottimo fotografo."

Selvaggia si rimise in piedi sbuffando.

"Va be' hai ragione, scusami. Ma cerca di capirmi. Quella maledetta puttana di mia sorella mi ha dato una botta in testa, mi ha fregato il vestito da sposa e adesso, probabilmente, sta cercando di sposarsi con il mio fidanzato...Mi pare di avere tutti i diritti di essere furiosa."

"Come va la testa? Ti fa molto male ora?" Malusi era un giovanotto di natura generosa e compassionevole e si sentiva sinceramente preoccupato per quella ragazza sboccata ma non antipatica.

"Oh, niente di che, un bernoccolone. I capelli mi hanno protetto. Ma tutto subito sono svenuta. Quando ho ripreso i sensi, mi sono trovata intrappolata nel capanno del giardino, da cui mi hai tirato fuori tu. A proposito, come hai avuto l'idea di cercarmi qui?"

"Insomma, stavo lavorando, nella navata laterale della chiesa, vedi, e quando è arrivata la sposa mi sono accorto che aveva un livido e un graffio sulla guancia, e ho capito che non poteva essere la vera sposa. Vi avevo visto litigare, tu e tua sorella, e tu sei quella che le ha rifilato uno sberlone, ferendola con l'anello che portavi alla mano sinistra. Allora ho capito che tua sorella aveva preso il tuo posto, e sono venuto a cercarti. Ero preoccupato…"

"Bene, grazie. Ma adesso è Azzurra che ha davvero bisogno di preoccuparsi. Non penserà mica, quella troietta, di sposarsi il mio Piersilvio al mio posto."

"Selvaggia, non so come dirtelo, ma lo ha già fatto. Penso che adesso stiano per arrivare al ristorante per il ricevimento…"

La ragazza dava prova di avere un carattere molto deciso. Trascinò Malusi via dal capanno e gli disse imperiosamente,

"Dammi la tua T-shirt, svelto. Mica posso andarmene in giro in mutande e reggiseno."

Malusi rimase a torso nudo, ma non senza parole.

"Magari sarebbe meglio che andassi dentro casa tua a rivestirti…"

"La porta è chiusa a chiave. Sono tutti al matrimonio e, come puoi vedere signor furbacchione, non ho chiavi con me." Selvaggia rispose con sarcasmo. Niente da dire; aveva ragione lei.

"Dobbiamo andare al rinfresco per mandare all'aria la sua macchinazione e sbugiardare la puttana davanti a tutti, altrimenti è perfino capace di partire in luna di miele, la MIA luna di miele alle Seychelles."

"Seychelles? Oh, che destinazione originale. Nessuno, proprio nessuno sceglie le Seychelles per la luna di miele." Malusi ghignò; di colpo sentiva il bisogno di essere anche lui sarcastico. Al tempo stesso Selvaggia gli stava simpatica.

"Andiamo. Dove ce l'hai la macchina?"

"Beh, Selvaggia, sono venuto in bici e…"

"Fanculo! Non è il mio giorno fortunato. La sola persona che può aiutarmi in questo maledetto casino è un immigrante africano in bici."

"Ti ho già detto che sono italiano e…"

"D'accordo, d'accordo, va bene, scusami, stavo scherzando, tanto per calmarmi un po'. Sei capace di guidare una moto almeno? Io non posso farlo a piedi nudi."

Malusi annuì, aggiungendo che era un appassionato di meccanica e di moto.

"Oh bene, non sei inutile come sembravi. C'è una moto sotto il portico, dietro la casa, ma dobbiamo metterla in moto senza la chiave, che, ovviamente non ho. È la moto di mio cugino. L'ha lasciata qui ed è andato al matrimonio in macchina con qualcun altro."

"Non ci sono problemi. Consideralo già fatto. Immagino che non ci siano i caschi, vero?"

"Oh, piantala! Una volta i caschi non erano obbligatori e tutti andavano in moto senza tante storie. Come hai detto che ti chiami? Malusi? OK Malusi, andiamo a rendere il matrimonio di Piersilvio davvero indimenticabile. Il deficiente dovrà spiegarmi come ha fatto a scambiare Azzurra per me!"

"Ma tu e la tua gemella siete assolutamente uguali e lei indossava il tuo vestito da sposa e…"

"Puah, gli uomini sono sempre pronti a giustificare gli altri uomini."

"Ascolta, Selvaggia, ma tu e tua sorella siete proprio simili in tutti i particolari? Voglio dire, c'è qualche piccola differenza per cui le persone potrebbero identificarvi?"

"Ahimè, la puttana sembra me in tutto e per tutto. Lei ha solo un'imperfezione, che io non ho. Ha un neo abbastanza grosso, ma non è visibile facilmente. È nascosto nel suo pelo pubico, per dirla elegantemente." Selvaggia sogghignò di nuovo. "Non sono neanche sicura che Piersilvio possa accorgersene, a meno che non le sbarbi la patata."

Malusi non aveva nessuna voglia di farsi coinvolgere nella delicata questione di pubi femminili, depilati o no che fossero, quindi non investigò ulteriormente.

Per fortuna faceva caldo. Andarsene a tutta velocità in moto mezzi svestiti sarebbe stato poco piacevole in differenti condizioni climatiche. Malusi si augurava solamente di non imbattersi in una pattuglia di polizia stradale lungo il loro percorso. Stavano guidando senza casco una moto rubata.

Quando arrivarono all'elegante agriturismo dove si teneva il pranzo di nozze, la coppia dei neosposi non era ancora arrivata. Malusi pensò che, con tutta probabilità, stavano con Giorgio e Millo, impegnati nella sessione fotografica post-cerimonia e gli venne un brivido di paura pensando alla reazione di Giorgio Cini, quando si sarebbero di nuovo incontrati. Lui se ne era andato di nascosto dalla chiesa, senza dare spiegazioni, trascurando completamente l'incarico che Giorgio gli aveva affidato.

Selvaggia sbirciò attorno e decise che il suo ingresso doveva essere spettacolare, e per questo occorreva che sua sorella fosse presente.

"Nascondiamoci da qualche parte e aspettiamo, Malusi, non è ancora il momento adatto. Poi devo solo chiederti un ultimo favore.

Quando quei maledetti dementi arriveranno, impediscimi di strangolare quella zoccola di mia sorella a mani nude."

Malusi si disse che, anche se lei aveva aggiunto una strizzatina d'occhio alla sua frase minacciosa, c'era una luce scatenata nei suoi occhi, e quel rischio non era totalmente da escludersi. Sarebbe stato vigilante.

Alla fine arrivò la coppia felice. Da dietro allo schermo della siepe dove si era nascosto con Selvaggia, Malusi si accorse che Giorgio aveva un'espressione temporalesca e sembrava nervosissimo.

"Aspettiamo ancora un momento." Malusi sussurrò all'orecchio di Selvaggia, sapendo che in realtà voleva solo posporre il momento di trovarsi lui davanti a Giorgio. Ma Selvaggia non poteva saperlo, e fu d'accordo, pensando che Malusi volesse suggerirle il modo di fare un'entrata ancora di più a effetto e—perché no?—assolutamente scioccante.

I camerieri avevano cominciato a servire gli antipasti in quantità industriali. Gli invitati, anche se avevano già approfittato degli aperitivi, accompagnati da ogni tipo di stuzzichini, per ammazzare la lunga attesa, precedente l'arrivo degli sposi, sembravano affamati.

"Non posso mica aspettare fino al taglio della torta nuziale. Conosco il menù. Dopo tutto si tratta del MIO menù. Mangeranno per ore prima dell'arrivo della torta e poi ci saranno i fuochi d'artificio." Selvaggia sembrava un pochino più calma e aveva gli occhi pieni di lacrime.

A Malusi dispiaceva per lei e aveva voglia di mettere la parola fine a tutta quella sgradevole storia complicata.

"Non mi hai detto perché tua sorella ha fatto una cosa simile…"

Selvaggia sospirò.

"La puttanaccia ha avuto una storiella con Piersilvio, prima di me, niente di serio. Ma poi lui l'ha lasciata per me. Lei non è riuscita a rassegnarsi. Siamo identiche fisicamente, ma abbiamo caratteri molto diverse, vedi. Piersilvio ha scelto me, per quella che sono, non per come appaio. Ma adesso ho i miei dubbi. Non è stato neanche capace di capire chi stava sposando. Non sono sicura di volere davvero uno così…"

"Ascolta, Selvaggia. Penso che sia arrivato il momento di farti vedere."

Gli invitati, che avevano apprezzato il vino eccellente, dopo i cocktails e gli altri aperitivi, stavano raggiungendo un livello di euforia che li rendeva sempre più rumorosi..

"Attenzione, riempite tutti i bicchieri, alzatevi e facciamo un brindisi alla…sposa e allo sposo." Si mise a gridare una matrona con un vestito scintillante di tessuto misterioso, che sembrava un incrocio tra una pellicola alimentare di alluminio e il sacco di un supermercato.

"Bacio, bacio, bacio! Tutti gli invitati fecero eco.

Malgrado lo scontato svolgimento di tutta la cerimonia, nessuno degli ospiti avrebbe mai dimenticato quello che stava per succedere.

Mentre Piersilvio stava stampando un bacio cinematografico sulle labbra della sposa, e mentre lei controllava con un occhio per vedere se il fotografo la stesse riprendendo dal suo profilo migliore, un magnifico giovanotto mulatto, alto di statura, a petto nudo, e una stupenda ragazza scompigliata, con addosso solo una T-shirt oversize sbucarono nel ristorante.

La madre della sposa rischiò di soffocare.

"Azzurra????"

"No, mamma, sono Selvaggia e quella schifosa troia con addosso il mio abito da sposa è Azzurra." Poi, rivolgendosi a Piersilvio, che si guardava attorno sperduto, con occhi vitrei e una faccia che assomigliava di più a quella di un grosso cefalo che a quella di uno sposo felice,

"Levale le mutande, se sei così stupido da non credermi, e troverai la risposta!"

Un silenzio mortale calò sulla sala. La voce di Giorgio Cini, anche se non alta, fu chiaramente percepibile.

"Malusi, spero solo che tu abbia una buona spiegazione per tutto questo…"

Malusi si strinse nelle spalle, mentre le damigelle e quasi tutte le invitate non potevano levargli gli occhi di dosso. Chi era quello splendido ragazzo mezzo nudo?

"Non ho avuto modo di avvertirti, e poi, in ogni caso, eri troppo indaffarato per darmi retta. Io ci ho provato. Dovevo precipitarmi a soccorrere la vera sposa. Ma ho preso molte foto, magari non proprio ortodosse, ma certamente originali..." Malusi cercò di farsi ascoltare da Giorgio in mezzo alla crescente confusione.

Non poté aggiungere molto altro, perché l'attenzione generale fu immediatamente attratta da quello che stava accadendo al tavolo degli sposi. Piersilvio era appena svenuto, con la faccia affondata nel piatto di medaglioni di aragosta in salsa mousseline.

Selvaggia, come un'amazzone trionfante, era balzata sul tavolo, provocando un distruttivo terremoto tra i piatti di ceramica e i calici di cristallo, sfidando la gemella, che sera rimasta pallida e muta.

"Se tu non osi mostrare chi sei veramente, lo farò io. Il mio pube è perfetto, senza macchie o nei. Tutti lo vedranno. Selvaggia sono io.

E cominciò ad alzare pericolosamente l'orlo della T-shirt che aveva preso in prestito da Malusi.

Malusi sorrise con un'arietta di falsa innocenza,

"Lavorare come fotografo di matrimonio è grandioso, Giorgio! Posso essere il tuo assistente anche in futuro?"

Giorgio Cini gli tirò una decorazione floreale da tavola, mezza spiaccicata. Malusi la schivò con destrezza. Entrambi si sentivano veramente divertiti.

Un passante in una Sera d'Inverno

Le cose migliori dell'amore accadono per caso, si capiscono dopo.
~Erri De Luca~

Un vento gelido batteva le strade del quartiere di San Frediano come un malfattore pronto a tendere agguati alle sue prede dietro agli angoli più bui.

Manuela Bossina rialzò il collo del cappotto, dopo aver abbassato le serrande del suo negozio di fiori.

Manuela era una ragazza pallida e slanciata, sulla trentina, con bellissimi capelli del colore delle calendule. Non abitava lontano dal negozio; camminare fino a casa non le avrebbe preso più di una decina di minuti. Intanto s'immaginava tutto quello che avrebbe fatto, una volta arrivata al suo appartamento. Questi pensieri la riempivano già di quel sottile piacere che si accompagna spesso all'attesa di qualcosa di gradevole. Avrebbe fatto una doccia veloce, e avrebbe provato quel nuovo balsamo, che prometteva di rendere i suoi riccioli ancora più soffici e lucenti. Aveva già preparato il necessario per la cena, che attendeva solo gli ultimi tocchi e la cottura in forno. Candele e fiori freschi avrebbero creato l'atmosfera perfetta.

Il fidanzato di Manuela, Emilio, viveva e lavorava ad Arezzo. Ci avrebbe messo un'ora o anche un po' più di tempo (dipendeva dalle capricciose condizioni del traffico), per raggiungere Manuela nel suo accogliente appartamentino di Firenze. Manuela era innamoratissima di Emilio, che le aveva fatto sentire un rassicurante senso di serenità, protezione e fiducia fin dal loro primo incontro casuale. Emilio Ciricola era tenente dei Carabinieri, di stanza ad Arezzo. Aveva una quarantina d'anni e, anche se non poteva vantarsi di una statura imponente, la sua corporatura armoniosa e la determinazione nel muoversi lo facevano sembrare più alto. Portava la sua divisa con orgogliosa disinvoltura, come una seconda pelle. Manuela si rendeva ben conto che il lavoro per lui era una missione fondamentale, e si era innamorata di lui anche per questo, perché era un uomo d'ideali e di giustizia.

Manuela era conscia che se uno di loro doveva accettare di cambiare qualcosa nel quotidiano, avrebbe dovuto essere necessariamente lei. Non poteva pretendere che Emilio chiedesse un trasferimento a Firenze. Era talmente felice con i suoi collaboratori ad Arezzo e aveva formato una squadra davvero brillante. Oltre a ciò, i suoi migliori amici, che per lui rappresentavano la famiglia che aveva perduto, vivevano solo a qualche chilometro da Arezzo. Avevano spesso aiutato Emilio nelle sue inchieste e gli erano stati vicini in ogni circostanza.

Manuela non aveva parenti stretti, ma gli amici di Emilio l'avevano accolta con calore e l'avevano fatta sentire una di loro, circondata dallo stesso affetto che aveva aiutato Emilio a superare i momenti più bui della sua vita passata.

Manuela ci stava seriamente riflettendo, ormai praticamente sicura che presto avrebbe lasciato quel quartiere di Firenze dove era nata e dove aveva sempre vissuto, San Frediano. Manuela ed Emilio avevano già fatto progetti di matrimonio e tutto sembrava procedere in fretta in quella direzione.

Era felice ed eccitata, naturalmente, ma, ogni tanto l'idea di rinunciare al suo negozio di fiori e al suo appartamento le procurava una stretta al cuore, come un'immotivata ansietà.

Conosceva a memoria ogni angolo di San Frediano e si sentiva a proprio agio, quasi protetta dai muri delle vecchie case, che fiancheggiavano le stradine tranquille. Faceva sempre più freddo. Manuela rifletté che le variazioni climatiche nella sua città erano davvero evidenti. In estate Firenze ribolliva spesso di ondate di calore, che trasformavano gli abitanti, e ancora di più i turisti, in sbiadite caricature di esploratori perduti in crudeli e ardenti deserti. In inverno, invece, il tempo era freddo e spesso gelido, con piogge che frequentemente si trasformavano in nevicate.

Quella sera per fortuna non pioveva, ma il vento e la temperatura bassa tenevano lontano dalle strade tutti quelli che non erano obbligati a stare fuori.

Manuela già si riscaldava all'idea della sua romantica cena a lume di candela con Emilio. Sarebbe stato certo stanco, ma lei lo avrebbe aiutato a rilassarsi e sarebbero stati bene.

Persa nei suoi sogni ad occhi aperti, Manuela non si accorse che alle sue spalle si era avvicinato un motorino. Si rese conto che la stavano scippando solo quando si sentì strappare la borsa con violenza. Manuela fu incapace di reagire e cadde a pancia in su sul marciapiede, troppo sorpresa per sentirsi davvero spaventata.

La strada, dove soltanto la vetrina di un piccolo bar diffondeva una luce abbastanza rassicurante, era deserta, con l'eccezione della figura scura di un uomo, che era appena sbucato dall'angolo.

Manuela percepì tutti gli eventi successivi come al rallentatore, anche se tutto avvenne rapidamente. Si aspettava che l'uomo che le stava venendo incontro l'avrebbe aiutata a rimettersi in piedi, mentre i due scippatori si sarebbero dileguati con la sua borsa. "Povera me!" si lamentò Manuela, ricordandosi di colpo che nella borsa, oltre ai documenti, c'erano anche le chiavi di casa e il suo cellulare.

Ma l'uomo in nero non sembrò prestarle alcuna attenzione, come lei si aspettava. Invece fece un rapido movimento di torsione sulla punta dei piedi, un po' come un torero, pronto a piantare la spada tra le scapole del toro. L'uomo impugnò lo schienale di una delle sedie davanti alla porta del bar e, con assoluta precisione, ne ficcò le gambe metalliche tra i raggi della ruota del motorino, che stava accelerando, mentre gli passava di fianco.

Con un rumoraccio inquietante la corsa dello scooter si bloccò brutalmente ed entrambi i ladruncoli finirono miserabilmente a terra. Quello che era sul sedile posteriore, impacciato dalla borsa di Manuela, non riuscì a smorzare l'effetto della caduta, e sbatté la testa contro il lato del motorino. Rimase a terra, stordito. Il suo complice, il guidatore, era in condizioni migliori e se la sarebbe data a gambe se l'uomo vestito di nero non l'avesse acciuffato con determinazione, storcendogli un braccio con una certa forza.

"Ahiahi!" mugolò lo scippatore, cercando vanamente di svincolarsi dalla stretta.

Nel frattempo quattro uomini erano emersi dalla porta del bar. Uno di loro, il barista, stava chiamando la polizia col telefonino, mentre un altro, un uomo anziano, con un mozzicone di sigaro piantato all'angolo della bocca, si precipitava a soccorrere Manuela, che si era rialzata da sola e riusciva perfino a sorridere debolmente.

L'eroe della scena, l'uomo alto con il lungo capottone nero, valutò con un'occhiata esperta gli altri due uomini. Sembravano essere decisi e robusti. Con un cenno fece loro capire di occuparsi del guidatore del motorino. I due lo tennero fermo, bloccandolo per entrambe le braccia. Solo allora l'uomo in nero si avvicinò all'altro scippatore, che stava ancora sdraiato a terra, quasi del tutto incosciente. Gli controllò il polso. Anche se un rivoletto di sangue gli scorreva sulla fronte, non sembrava ferito in modo grave. L'uomo in nero annuì nuovamente; poi raccolse la borsa di Manuela, la sfregò sulla propria manica per ripulirla e poi la consegnò a Manuela. Non aveva detto ancora una sola parola. Fissò Manuela e finalmente parlò.

"I cannot speak Italian. Here is your handbag, Miss…"

Manuela gli rispose in inglese. "Non si preoccupi, so parlare inglese abbastanza bene. Grazie infinite! Lei è stato talmente coraggioso. Sarebbe stato un bel problema per me perdere tutti i documenti e le chiavi."

Manuela si sentiva vagamente a disagio; non sapeva che altro aggiungere. L'uomo in nero, ora che lo poteva vedere meglio in faccia, aveva un'espressione impenetrabile. I suoi occhi avevano lo stesso blu trasparente di certi ghiacciai. Lei vide che indossava un completo nero con camicia bianca sotto il cappotto nero, e anche la cravatta era nera. Poteva avere una quarantina d'anni, ma era difficile dargli un'età con precisione.

"La polizia sta arrivando" annunciò uno degli uomini del bar. "Dicono di aspettarli qui, perché bisognerà andare in commissariato per la denuncia." Poi aggiunse. "Per quello che può servire una denuncia, Tra qualche giorno questi due delinquenti saranno rilasciati. Questa è la nostra giustizia…"

Manuela tradusse tutto per l'uomo in nero, che non fece commenti.

"Per fortuna posso usare il mio cellulare e chiamare il mio fidanzato; probabilmente è in autostrada. Avevamo appuntamento, ma non so per quanto tempo dovrò restare in commissariato, allora…" Manuela chiamò Emilio, che non ripose immediatamente. Di sicuro stava guidando e aveva dimenticato di connettere il viva-voce.

La giovane donna, quando l'ebbe in contatto, gli spiegò in poche parole quello che era capitato e lo rassicurò che lei stava benissimo.

"No, Emilio, non so ancora in quale commissariato dovrò andare per la denuncia. Ti richiamo appena possibile."

I poliziotti arrivarono quasi subito e presero in custodia i due scippatori. Manuela vide che i ladruncoli erano solo due ragazzini e quasi le fecero pena.

Poi furono prese le generalità dei quattro uomini del bar, ma a Manuela e all'uomo in nero fu detto, che dovevano proprio accomodarsi in commissariato. Fu loro offerto di accompagnarli con una seconda auto di servizio.

Quando arrivarono a destinazione, fu subito chiaro a tutti che l'uomo in nero non sapeva spiccicare una parola d'italiano e trovare un interprete avrebbe richiesto un certo tempo. Manuela disse che era in grado di tradurre le domande dei poliziotti all'uomo in nero e la sua proposta fu accolta con sollievo. Gli agenti in servizio davvero non avevano voglia di perdere troppo tempo dietro a un caso tanto banale.

L'uomo in nero mostrò il suo passaporto, dal quale risultava cittadino britannico. Spiegò di trovarsi a Firenze per motivi professionali, per accompagnare il suo datore di lavoro. Riassunse concisamente i fatti accaduti e la sua dichiarazione fu completamente confermata dalla testimonianza degli uomini del bar e dal racconto dettagliato di Manuela.

"Scusateci tanto, ma dovete ancora trattenervi qui per un pochino, fino a che il verbale con le accuse sarà stilato. Se intanto volete prendervi una tazza di caffè, c'è un distributore al fondo del corridoio, ma vi avviso che il caffè è schifoso." Il poliziotto di mezza età, con una pronunciata stempiatura e un aspetto bonario, sorrise, come per giustificarsi.

"Ho appena ritelefonato al mio fidanzato. È un vostro collega. È tenente dell'arma dei Carabinieri di Arezzo. Dovrebbe arrivare tra pochissimo."

Manuela non ritenette necessario tradurre in inglese per l'uomo in nero anche quest'ultima conversazione che, sicuramente, non interessava il suo silenzioso salvatore, per giunta, in quel momento occupato a sua volta a telefonare.

Il tempo passò in fretta. Ancora prima di vederlo, Manuela riconobbe la voce di Emilio; stava mostrando il suo tesserino di riconoscimento ai colleghi della polizia, poiché, logicamente, non era in uniforme.

Quando finalmente vide il fidanzato che si affrettava a raggiungerla lungo il corridoio, Manuela scatto in piedi felice dalla panca dove era seduta e corse ad abbracciarlo.

"Manuela, amore mio, stai bene? Ti sei spaventata?"

"Sto benissimo, tesoro, non preoccuparti. Per fortuna c'era questo signore che è riuscito a bloccare quei due ragazzotti e a recuperare la mia borsa con tutto il contenuto. Sarebbe stata una tale seccatura se avessi perso le chiavi, il telefonino, i documenti e tutto il resto."

"Dov'è? Vorrei tanto ringraziarlo per essersi preso cura di te…"

"È laggiù, al fondo del corridoio, credo sia andato a prendersi un caffè. Non è italiano. Dovrebbe essere un inglese…"

In quel preciso momento l'uomo in nero sbucò dall'angolo del corridoio, con un bicchierino di plastica in mano. Arrivò a qualche metro da Emilio e Manuela, poi alzò lo sguardo e si bloccò di colpo.

"Maresciallo Ciricola!" Esclamò a voce inaspettatamente alta.

"Pasha!" Urlò Emilio perfino più forte.

"Vi conoscete?" Chiese inutilmente Manuela, visto che era ovvio che i due si conoscessero bene.

A differenza dal suo solito comportamento verso Manuela, Emilio sembrò non prestare alcuna attenzione alla sua domanda e si rivolse, in inglese, all'uomo in nero, che aveva chiamato Pasha.

"Pasha, che bello rivederti, dopo tanto tempo. È incredibile che sia stato proprio tu a venire in soccorso della mia fidanzata. Ma che cosa ci fai a Firenze? Sei qui da solo?"

Pasha, che non era di sicuro un chiacchierone, si limitò a ripetere "Maresciallo Ciricola!" Con un tono gioioso.

Senza sapere perché, Manuela intervenne con un'assurda precisazione.

"Il mio fidanzato è tenente!"

Nessuno parve notare la sua affermazione.

Il poliziotto con l'aria bonacciona, che aveva finito di battere a scrivere la denuncia sulla tastiera di un computer vecchiotto, si rivolse direttamente a Emilio.

"Tenente, naturalmente la sua fidanzata e questo signore, che lei conosce personalmente, possono andarsene quando lo desiderano…"

La presenza di Emilio aveva certamente velocizzato la procedura burocratica. Ma un'altra persona, che avrebbe rallentato la partenza da quello squallido commissariato, stava entrando, sempre dall'estremità del corridoio, come un nuovo personaggio sul palcoscenico.

Era una donna molto alta, che indossava un elegantissimo giaccone di montone rovesciato di una sorprendente tonalità di viola. Non si poteva definirla bella, in modo tradizionale. Aveva il viso, un poco appiattito, dove spiccavano solo gli zigomi alti. Il suo naso non era né troppo grosso, né troppo affilato; le sue labbra non erano particolarmente carnose e definite, e lei non aveva neppure un filo di trucco. I suoi occhi, seppure di un magnifico color ambra, erano un po' troppo piccoli. Aveva lunghissimi capelli, di un pallido biondo argentato, che teneva raccolti in una treccia serrata, da cui sfuggivano alcune ciocche ondulate che le danzavano sulla fronte come raggi di luna.

Manuela rimase sgradevolmente sorpresa nell'accorgersi che il suo fidanzato si era zittito e irrigidito. La donna col giaccone viola lo vide ed esclamò:

"Emilio!"

"Lyuba…" La voce di Emilio si era ridotta a un bisbiglio.

Manuela aveva l'impressione di stare guardando una di quelle telenovela sudamericane, nelle quali avvengono assurdi incontri con relativi svelarsi di misteri tra i vari personaggi.

Essendo più alta di Emilio di almeno dieci centimetri, la misteriosa Lyuba avrebbe dovuto piegarsi per guardarlo dritto negli occhi.

Manuela si ricordò confusamente che una dei loro amici, Ellie, le aveva raccontato qualcosa della vita di Emilio, prima del loro incontro. Manuela certamente sapeva che Emilio era vedovo e che aveva prematuramente perso l'amatissima moglie già da alcuni anni, ma lei non aveva mai voluto mostrarsi troppo curiosa del suo passato. Una volta Ellie aveva detto a Manuela che Emilio sembrava rifiorito dopo aver iniziato la loro relazione sentimentale e che non solo aveva sofferto terribilmente per la scomparsa della moglie, ma in seguito aveva anche avuto il cuore spezzato per una russa di cui si era innamorato.

"Oh no! Sarebbe troppo assurdo…" Pensò Manuela. "E se quella russa fosse proprio questa creatura elegantissima con gli occhi color ambra?" E subito si sentì turbata e spaventata.

Emilio si stava riprendendo dal suo sbalordimento iniziale, e un rapido sguardo al viso di Manuele lo fece sentire in colpa. La sua amatissima fidanzata sembrava sperduta. Le passò un braccio attorno alle spalle e se la tirò vicino.

"Tesoro, posso presentarti la signorina Lyuba Orlova? Non mi sarei mai aspettato di trovarla qui; per questo mi hai visto un po' stranito e colto di sorpresa. Non avevo più visto Lyuba e Pasha da almeno due anni. Sono buoni amici di William e Peter."

Emilio menzionò William e Peter, i proprietari di un agriturismo vicino ad Arezzo e cari amici di entrambi, per rassicurare Manuela e per chiarire che Lyuba e Pasha non erano solo amici suoi.

Poi sorrise a Lyuba (non poteva negare a se stesso di essere felice di rivederla, anche se tutto era cambiato) e disse:

"Lyuba, questa è Manuela, la mia fidanzata."

Lyuba Orlova sorrise. Un magro sorriso che le arricciò appena le labbra sottili e rispose in discreto italiano.

"Sono lieta di conoscerla, Manuela, e di vedere una giovane donna tanto incantevole al fianco di Emilio. Emilio merita tutto il meglio.

È un uomo speciale. Due anni or sono mi ha salvato la vita, ma immagino che lei lo sappia…"

Emilio fu il primo a reagire, sforzandosi di nascondere un certo disagio. In realtà era certo di non aver mai parlato con Manuela dei fatti ai quali Lyuba si riferiva, almeno non specificatamente. Aveva solo giustificato la cicatrice che gli marchiava la spalla come una conseguenza di un incidente professionale, quando un criminale gli aveva sparato.

Manuela aveva assunto, senza rendersene conto una posizione di difesa. 'È proprio quella russa; è lei!' si ripeteva. Quel pensiero le risuonava in testa come un grido. Chissà quante altre cose ancora non sapeva della vita di Emilio? Di colpo si sentì miseramente ridicola, stretta nel suo banale cappottino invernale, paragonandosi alla classe e all'eleganza della donna alta che le stava di fronte.

Lyuba, che era donna di mondo, un'importante imprenditrice, capì subito la situazione e non insistette a parlare di quello che era accaduto due anni prima.

"Lyuba, ma tu hai imparato a parlare italiano benissimo!" Emilio diresse la conversazione verso argomenti meno rischiosi.

"Ho studiato l'italiano, ma ancora parlo con un accento pessimo." Si giustificò Lyuba, modestamente.

"Bene, penso che qui abbiamo finito, e possiamo andarcene. È davvero stupefacente che il destino abbia messo proprio Pasha sul cammino della mia Manuela quando lei aveva bisogno di difesa e aiuto." Emilio sorrise apertamente e con un gesto invitò tutti a seguirlo verso l'uscita del commissariato.

"Quando pensi di venire ad Arezzo, Lyuba? William e gli altri non mi hanno detto che saresti venuta in Italia."

Lyuba si strinse nelle spalle, scossa da un brivido leggero, come se sentisse troppo freddo.

"No, no, non è nei miei piani. Sono venuta a Firenze per una urgentissima questione di affari, ma prendo un volo per New York domani stesso."

A Emilio venne in mente che Lyuba si era trasferita da Londra negli Stati Uniti, ma lo stupì enormemente il fatto che non volesse neppure passare a salutare gli amici di Arezzo.

Se in quel momento avesse guardato Pasha in faccia, si sarebbe accorto che era attraversata da un lampo di stupore, ma Pasha era abituato a celare bene i propri sentimenti. In un secondo aveva già ristabilito la sua abituale espressione impassibile. In realtà, dentro di sé, Pasha si stava chiedendo che diavolo succedeva. La signorina Lyuba gli aveva comunicato che sarebbero rimasti in Toscana per parecchi giorni, e lui aveva già prenotato l'albergo ad Arezzo.

"Ma saranno tutti dispiaciutissimi di non poter rivedere te e Pasha dopo tanto tempo, Lyuba." Emilio sentiva chiaramente che c'era qualcosa che non quadrava, ma sapeva anche che Lyuba aveva strane reazioni. Appariva e scompariva senza fornire spiegazioni. Si ricordò di quanto si fosse sentito triste e deluso, una volta ripresa conoscenza in ospedale, dopo essere stato ferito gravemente nel concitato finale di quell'inchiesta, quando aveva protetto Lyuba, facendole scudo col suo corpo. Si aspettava che almeno Lyuba venisse a fargli visita, ma gli amici gli avevano detto che se ne era ripartita. Dopo l'iniziale amarezza aveva concluso, quasi con sollievo, che tanto non avrebbe mai avuto una chance con Lyuba, sebbene ne fosse innamorato. Non aveva mai osato rivelarle i propri sentimenti ed era stato meglio così. Adesso c'era Manuela nella sua vita, come una luce rassicurante che gli indicava la strada per la serenità.

"Lo so, lo so…Darò a William un colpo di telefono. Salutameli tu, tutti quanti."

Lyuba sembrò essere di colpo molto impegnata. Non propose neppure di andare a bere qualcosa insieme, un caffè, una tazza di tè…A Emilio venne in mente che Lyuba adorava il tè.

Sui gradini del commissariato Lyuba disse qualcosa a Pasha; gli parlò in russo. Pasha strinse la mano a Emilio e a Manuela e disse in inglese.

"Mi congratulo per la sua promozione, Tenente. Lei è una bravissima persona. Sono lieto che quei due teppistelli non le abbiano fatto male, signorina." E scomparve nella notte.

Emilio comprese che Lyuba voleva andarsene immediatamente, ma non poté fare a meno di offrirsi di accompagnarla ovunque lei volesse.

"Ho la mia auto parcheggiata qui dietro…"

"Non ce n'è bisogno, Emilio, davvero. Pasha è andato a prendere l'auto che abbiamo affittato. Era quello che stava facendo quando ha bloccato quei due che stavano per derubare la tua fidanzata. Grazie. È stato bello rivederti e conoscere la tua affascinante fidanzata. Buona fortuna, Emilio. Goditi un futuro sereno e bellissimo."

Lyuba gli voltò di colpo le spalle e s'incammino nella stessa direzione in cui era appena scomparso Pasha.

Manuela non aveva pronunciato una sola parola, ma adesso che quella donna misteriosa e inquietante se ne era andata ed Emilio la stringeva affettuosamente, si sentì di nuovo bene.

"Ho paura che sia un po' tardi per cucinare la cena oramai, ma possiamo lo stesso andare a casa da me e ordinarci una pizza…"

"È un'idea fantastica, Manuelina. Ho solo bisogno di rilassarmi un po' vicino a te e farmi raccontare tutti i dettagli della tua brutta avventura."

Si avviarono abbracciati per la strada silenziosa, verso il parcheggio.

Lyuba Orlova, quando fu ben sicura che Emilio non sarebbe tornato sui suoi passi, verso di lei, lo seguì con lo sguardo. Le girava la testa e si sentiva come svuotata.

Non aveva potuto dirgli di aver studiato l'italiano solo per lui, e che aveva programmato di restare in Toscana per un lungo periodo. Aveva compreso che, due anni prima, lui si era innamorato di lei, ma non era ancora pronta. Era ancora persa nella sua illusoria passione sentimentale per William, che avrebbe potuto essere la sua anima gemella, se solo non fosse stato gay.

Lyuba non trattenne un sorrisino ironico diretto a se stessa. Correndo dietro a quello che non poteva avere, aveva perso quello che forse sarebbe stato più importante. Durante quegli ultimi due anni si era sentita schiacciata dal peso della solitudine interiore.

Non le mancavano i corteggiatori; era una donna di successo, ricca e colta. La sua vita poteva sembrare perfetta, se vista dal di fuori. Ma Lyuba aveva bisogno di qualcosa di diverso, qualcosa di più profondo. Voleva una famiglia, un uomo che l'amasse, la rispettasse e la proteggesse; non ne poteva più della società del jet-set, delle feste, dell'apparenza. Si era perfino scoperta a pensare che le sarebbe piaciuto avere un bambino. Si era detta che ancora non era troppo vecchia.

A poco a poco, i ricordi di Emilio le erano tornati in mente sempre più di frequente. Pensava alla sua integrità, al suo coraggio, alla sua sincerità, alla devozione che le aveva dimostrato, che non era segno di dipendenza passiva, ma un sincero sentimento amoroso. E aveva immaginato di poter trovare la risposta alle sue questioni esistenziali proprio in quello. Lyuba aveva preso la decisione di tornare in Italia per Emilio, per sforzarsi di meritare il suo amore e imparare a ricambiarlo.

Non poteva immaginarsi di incontrarlo inaspettatamente, per un capriccio del caso, e di vederlo tanto innamorato della fidanzata.

Lyuba capiva, con amarezza di aver commesso un altro errore e di aver perso, forse definitivamente, un passaggio che potesse condurla verso la serenità.

Quando Pasha arrivò con l'auto, le chiese:

"Dove la porto, signorina Lyuba?"

"Dove ti pare, Pasha, non ha nessuna importanza."

In Treno

"L'umanità non passa attraverso fasi come fa il treno quando passa di stazione in stazione: siamo vivi e abbiamo il privilegio di muoverci spesso senza mai lasciare niente indietro"
~Clive Staples Lewis~

Il treno corre, senza scossoni, attraverso la sera che sta diventando notte.

Nel vagone di prima classe due soli passeggeri si dividono le file di anonimi, comodi sedili. Un uomo alto e slanciato con gli occhi grigi e i capelli brizzolati, in contrasto col suo aspetto giovanile, tagliati cortissimi, e una signora anziana, vestita, con sobria eleganza, di un tailleur grigio ferro.

Erano saliti alla stessa stazione, non importa sapere quale, così com'è irrilevante sapere dove il treno sia diretto.

L'uomo l'aveva aiutata a caricare il trolley, anche se non ce n'era strettamente necessità; il bagaglio era, infatti, di piccole dimensioni e molto leggero. La vecchia signora aveva accolto il suo aiuto come segno di educata attenzione.

Entrambi i passeggeri avevano rispettato il numero dei sedili che erano stati loro assegnati al momento della prenotazione, anche se avrebbero potuto scegliere di sedersi ovunque nel vagone deserto.

Il treno ad alta velocità prevede pochissime fermate. È un mezzo di trasporto comodo e silenzioso, ma la concorrenza dei voli a basso costo si sta facendo accanita.

L'uomo e l'anziana signora non sono seduti troppo distanti l'uno dall'altra, separati solo dal corridoio centrale. L'uomo sta leggendo un libro, il cui titolo noi non riusciamo a vedere. La donna guarda fisso davanti a sé, senza fare attenzione a nulla in particolare. Sembra sprofondata nei propri pensieri, forse dolorosi. Le sue spalle fragili s'incurvano come se stesse trasportando qualcosa di troppo pesante per le sue forze.

L'uomo prosegue la lettura, indifferente. Ma spesso la prima impressione non è quella giusta. In effetti, lui fa sempre attenzione a tutto quello che accade intorno. Non solo in questo caso. È una delle sue caratteristiche. Si accorge che la vecchia signora sta piangendo silenziosamente. Non trattiene le lacrime, che le scivolano sulle guance senza colore. Fruga automaticamente nella borsa e alla fine tira fuori un fazzolettino bianco, tutto appallottolato e già umido di pianto, inutile.

L'uomo estrae un pacchetto di fazzolettini di carta, ancora sigillato, dalla sua ventiquattrore di cuoio e lo allunga, attraverso al corridoio, verso la vecchia signora.

"Mi scusi se non ho la possibilità di offrirle un fazzoletto pulito di tessuto…" La sua è una voce senza accento. È impossibile definire se stia parlando nella sua lingua materna o meno.

"Grazie." L'anziana signora ringrazia con un impercettibile cenno del capo. L'uomo di colpo pensa che probabilmente sia stata bellissima da giovane, ma mai vistosa.

"Desidera un po' d'acqua minerale? Un caffè? Una tazza di tè? Temo che il carrello del minibar non ripasserà molto presto. L'impiegato si è accorto che ci siamo solo noi nel vagone. Rappresentiamo una prospettiva troppo minima di guadagno per lui. Ma sarei lieto di andare alla vettura ristorante e portarle qualcosa. Io ho voglia di un caffè…"

La donna pensa che, con tutta probabilità, non sia vero che lui abbia proprio voglia di una tazza di caffè, è solo un uomo estremamente gentile che, con molto tatto, non la vuole mettere a disagio.

"Lei è gentilissimo. Mia madre aveva l'abitudine di ripetere che ogni dolore può essere alleviato, seppur in misura minima, da una tazza di tè…Grazie per l'offerta. Ho proprio bisogno di una tazza di tè."

L'uomo dagli occhi grigi ritorna, dopo pochi minuti, portando un vassoietto di plastica.

"Non posso garantire la qualità. Ho portato zucchero e latte per il suo tè. Non so come ho immaginato che non le piacesse il tè al limone."

La vecchia signora si apre a un minuscolo sorriso.

"Ha indovinato. Vorrebbe sedersi qui, di fronte a me, per il tempo di prendere le nostre bevande?"

Ora i passeggieri sorseggiano in silenzio il contenuto delle loro tazze, seduti faccia a faccia.

La vecchia signora guarda l'anonimo panorama di campagne che scorre fuori dal finestrino.

"Mio marito è morto; è passato un mese. Venticinque anni or sono il nostro unico figlio e sua moglie morirono in un incidente. Il loro bambino si salvò. Da allora lo abbiamo cresciuto noi. Era tutto per mio marito e per me. Eravamo la sua sola famiglia. È venuto su intelligente e generoso. I suoi genitori ne sarebbero stati fieri. Aveva una ragazza e tanti progetti per la loro vita insieme." Inaspettatamente sorride, come se la facesse star meglio presentare il nipote a uno sconosciuto.

"Poi, lei lo sa, la vita è capricciosa e imprevedibile. Li aspettavo a casa, per cena. Nostro nipote e la fidanzata avevano deciso di andare a vedere un appartamento che avevano intenzione di acquistare, e avevano chiesto a mio marito di accompagnarli. Io avevo scelto di restare a casa; era una brutta sera piovosa. Volevo cucinare qualcosa di buono per tutti loro."

Assurdamente aggiunge, "Sono sempre stata una brava cuoca, sa?"

L'uomo non dice una sola parola e la donna gli è grata per risparmiarle formali espressioni di cordoglio.

"Un giovanotto, che si era ubriacato e che, con tutta probabilità, aveva anche preso della roba, droga, perse il controllo del suo grosso SUV e invase il marciapiede dove stava passando la mia famiglia, proprio davanti a casa nostra. Non si è nemmeno fermato per soccorrerli. Mio nipote e la sua ragazza sono morti sul colpo. Mio marito è sopravvissuto, solo per subire un lungo periodo di agonia in ospedale; dopo tre mesi è morto anche lui."

La vecchia signora sembra calma. Continua con un tono di voce monocorde.

La polizia ha rintracciato il guidatore del SUV, ma solo dopo alcuni giorni, così è stato impossibile provare che fosse sotto l'effetto di alcol e droghe quando ha massacrato la mia famiglia. I suoi genitori, molto benestanti, hanno assunto i migliori avvocati per difenderlo. Era incensurato e la strada era viscida di pioggia e male illuminata. Ha passato solo un mese in prigione. Ora è tornato libero, a casa sua. Magari presto gli restituiranno perfino la patente."

L'anziana signora finisce di sorseggiare il suo tè e sospira.

"Mi chiedo se lei ha mail letto 'Sonata a Kreutzer' di Tolstoj." Poi esita.

L'uomo con gli occhi grigi annuisce in silenzio. Poi sussurra, forse a se stesso,

"Крейцерова соната…"

E poi, immediatamente, si sente grato alla donna per non avergli chiesto se è russo. Ma lei non fa commenti, continuando a seguire il filo dei propri pensieri.

Noi abbiamo il diritto di sospettare che l'uomo non sia per nulla russo. Sappiamo solo che è in grado di parlare diverse lingue e, forse, ama leggere libri in versione originale.

"Può sembrare sorprendente come spesso ci sia più facile parlare di situazioni molto private con perfetti sconosciuti, che siamo certi di non rivedere mai più…"

"Non è sorprendente." L'uomo ha una gradevole voce baritonale, ma qualcosa nel suo modo di parlare suggerisce che non è una persona loquace.

"Ci sentiamo in qualche modo più a nostro agio nel rivelare qualcosa di parecchio personale a un ascoltatore ignoto, la cui opinione non influenzerà la nostra vita. Non ci sentiremo giudicati, e, anche se lo fossimo, tale giudizio non avrebbe il minimo impatto sulla nostra esistenza."

"Il protagonista della novella di Tolstoj…" La donna usa la parola 'novella' che è assolutamente corretta per indicare un testo di narrativa che è più lungo di un racconto, ma più breve di un romanzo, ma non è sempre una parola comune. Ci induce a pensare che l'anziana signora possa aver insegnato letteratura un tempo, ma la sua precedente professione non ha peso in questo contesto, allora possiamo tralasciare le nostre deduzioni.

"Il protagonista della novella, Pozdnyshev, racconta agli altri passeggeri del suo vagone le ragioni che lo hanno spinto ad uccidere la moglie, per via di una probabilmente ingiustificata gelosia. Egli è stato assolto per il suo delitto, ma non riesce a perdonarsi e ha bisogno del perdono di alcuni sconosciuti per liberarsi, almeno in parte, dei propri rimorsi. È un caso particolare, che si adatta solo in parte a quello che intendo dire. Ci sono altre situazioni, in cui noi proviamo rimorso per quello che non abbiamo ancora commesso, anche se siamo assolutamente certi che lo commetteremo."

L'anziana signora alza lo sguardo e fissa l'uomo direttamente; ha smesso di piangere. L'uomo è leggermente infastidito; non gli piace sentirsi addosso gli occhi di nessuno, particolarmente così da vicino.

"Lo so che lei non mi giudicherà. Non so spiegarlo razionalmente, ma ne sono certa." La donna parla con determinazione.

"Io credo che lei non cercherà di farmi cambiare idea e il suo silenzio m'incoraggerà nella mia decisione."

Fa una pausa; parla con calma. Apre la borsa e poi la inclina gentilmente verso l'uomo, per permettergli di vedere l'interno.

"Ho comprato una pistola. Se non fosse una decisione maturata seriamente, sarebbe una cosa buffa.

Non sapevo davvero da che parte cominciare. A volte troviamo risorse inaspettate nella nostra immaginazione più istintiva.

Ho chiesto, forse ingenuamente, a due giovanotti, spacciatori di droga, penso. Li vedo sempre nel parco pubblico, vicino a casa. Non so dove ho trovato il coraggio. Anche loro erano stupefatti. La cosa assurda, in questa immensa tragedia, è che hanno provato a dissuadermi. Ho insistito. Uno dei due mi ha detto che poteva occuparsi della faccenda al posto mio. Al principio non ho capito cosa volesse dire. Si offriva di commettere un omicidio per me, se lo pagavo adeguatamente. Ma gli ho risposto che era ancora giovane e che non poteva prendersi un tale rischio, mentre io ero solo una vecchia e la mia vita se ne era andata in tutti i sensi. Alla fine mi hanno procurato questa, vede, e anche le pallottole e sono stati tanto gentili da insegnarmi come caricarla e…beh tutto il resto."

L'uomo esamina l'arma con uno sguardo esperto e poi dice quello che era già stato implicitamente espresso.

"Lei sta per giustiziare l'assassino della sua famiglia."

La donna apprezza la scelta della parola. Giustiziare, non uccidere o assassinare. C'è un significato di giustizia in quel verbo. Non è un crimine; è un'esecuzione motivata. Al tempo stesso si sente turbata, come se si fosse attesa un rimprovero morale che non è venuto.

"Non è un lavoro per lei, signora. Scommetto che non ha mai sparato in tutta la sua vita. Non è facile, mi creda."

Adesso lui sorride con gentilezza. "Le farebbe piacere un'altra tazza di tè? Spero fosse discretamente buono. Non hanno molta scelta al buffet…"

La vecchia signora, stranamente. Si calma. Accetta l'offerta con un sorriso grazioso e grato. Quando l'uomo ritorna con due tazze di plastica fumanti, si accorge che la borsa della donna è ancora aperta sul sedile di fianco.

"Mi sono permesso di portarle anche qualche biscotto. Sono di una buona marca, anche se industriale, e la aiuteranno a bere il tè."

La formale, ma cortese conversazione non sembra essere influenzata, apparentemente, dall'imbarazzante presenza della pistola, visibile all'interno della borsetta della signora.

L'uomo dagli occhi grigi sgranocchia educatamente un biscotto. Il treno entra in una galleria e, per un poco, il rumore maschera gli altri suoni.

"Lo farò io per lei." Dichiara l'uomo. Sa che la vecchia signora ha già capito di che cosa lui stia parlando, ma lo ripete ancora, per essere completamente chiaro.

"Lo farò io per lei. Mi dica solo il nome della persona e, se possibile, dove la posso trovare."

La donna non è sorpresa, o se lo è, non lo rende palese. Si limita a chiedere "Perché?"

L'uomo sorride con serietà; sa sorridere, rimanendo serio, è difficile da spiegare come, ma questa è l'impressione che la vecchia signora ne riceve.

"Lei non ha esperienza di certe faccende, può fare degli errori. Io non corro questo rischio. È la mia professione."

La donna non è turbata. Improvvisamente è curiosa. Vorrebbe porre mille domande, ma è troppo bene educata per essere una ficcanaso. Si limita a ripetere, "La sua professione?" Con tono molto interrogativo.

"Sì, il mio lavoro. Sono un professionista. Ma se lei accetta la mia offerta, farò un'eccezione alla regola. Non le chiederò alcun compenso. Sarà gratis."

La vecchia signora riflette, non vuole offenderlo, è stato tanto gentile e premuroso con lei; ma non può impedirsi di approfondire un pochino quel soggetto così insolitamente interessante.

"Immaginiamo," incomincia, "Immaginiamo di trovarci in una situazione vagamente simile a quella della novella di Tolstoj. Siamo due sconosciuti e con tutta probabilità non ci incontreremo mai più. Siamo a bordo di un treno, e ci siamo appena rivelati reciprocamente degli oscuri segreti, senza preoccupazioni, senza esitazioni. Tuttavia nessuno di noi sembra essere vittima di rimorsi. Forse abbiamo solo voglia di condividere."

"Forse." Conviene l'uomo.

"Posso chiederle l'autentica ragione per la sua offerta?" La vecchia signora prende un biscottino, automaticamente. L'uomo aveva ragione, è buonissimo.

"Come le ho detto, sono un professionista. Lei invece sarebbe…come dire? Una povera dilettante, senza la minima esperienza. Oltre a ciò non credo affatto che riuscirebbe nel suo scopo. Potrebbe mancare il bersaglio e colpire qualcun altro. Sarebbe una tragedia che le provocherebbe ancora più amarezza e dolore. Non ne avrebbe alcun sollievo. Tutto il contrario, mi creda;

uccidere le persone in modo pulito e sicuro è molto, molto complicato."

"Certo che le credo. Ma non m'importa di quello che può succedermi. Come le ho già detto, la mia vita è finita, non ha più alcun senso."

"Mi permetto di contraddirla." L'uomo parla in modo molto ragionevole; la vecchia signora apprezza le conversazioni di questo tipo, in cui nessuno insiste a imporre il proprio punto di vista agli altri alzando la voce.

"Lei si troverebbe solo ad affrontare la propria solitudine in un modo ancora più doloroso, se dovesse far fronte a un arresto, un processo e tutto il resto. Sono sicuro che suo marito e suo nipote non vorrebbero che le accadesse nulla del genere."

Il silenzio avvolge di colpo il vagone di prima classe. Le ruote del treno sembrano smettere di rotolare sui binari.

L'uomo aspetta e la donna riflette.

"È vero." Dice lei dopo qualche minuto. "Quando ci facciamo trascinare dagli impulsi, dalle passioni, diventiamo necessariamente miopi, dal punto di vista emotivo. Percepiamo solo gli effetti a breve termine, ma non ci rendiamo conto degli effetti sul lungo periodo. In questo preciso momento sono persuasa che prendere la vita del criminale—perché è davvero un criminale—che ha sottratto la vita ai miei cari riequilibrerebbe il mio dolore. Ma non so per quanto tempo potrebbe durare questo effimero equilibrio. Non so che il dolore degli altri possa diminuire il mio, o se essi sono piuttosto destinati a sommarsi…"

Comprende che l'uomo non gradisce nessun tipo di curiosità, ma in fondo è stato lui a cominciare a parlare della sua insolita occupazione e…

"Ovviamente non deve rispondermi- Ha parlato della sua professione. Ma davvero lei…insomma…uccide la gente per mestiere?"

"Sì, proprio così. Sono un professionista. Non desidero apparirle presuntuoso, ma sono uno dei migliori nel mio settore…" È una scintilla di orgoglio quella che illumina quegli impenetrabili occhi grigi?

"Come funzionano le cose?"

"I clienti mi contattano. Mi forniscono il nome del bersaglio e tutte le informazioni necessarie. Pagano ed io eseguo il lavoro. Lavoro pulito. Non ho mai fato soffrire nessuno inutilmente. Non sono un sadico. Sono un professionista."

"Ha avuto, insomma, come dire…molti bersagli?"

L'uomo con gli occhi grigi scuote un poco la testa, come per scacciare una mosca fastidiosa.

"Lavoro da molti anni…"

"Ma è difficile? Dopo, intendo."

"Per nulla. Come tutti i buoni professionisti, ho le mie regole. Non accetto mai bambini come bersagli; nel caso di donne, voglio sapere tutta la storia, prima di accettare l'incarico."

"Mi sta dicendo che le hanno chiesto di…uhm…occuparsi di bambini?"

"La natura umana nasconde inimmaginabili abissi di crudeltà e perversione. Ma, come le ho spiegato, non accetto assolutamente bambini come bersaglio. Non importa chi sia il cliente e quanto voglia pagarmi. Ci sono in giro pessimi dilettanti, che accettano ogni incarico per somme di denaro francamente ridicole, ma non finisce mai bene. Commettono errori, e i loro clienti vengono rintracciati. Con me non può capitare."

L'anziana signora improvvisamente appoggia la mano destra sul polso dell'uomo. Lei porta solo un anello, probabilmente di fidanzamento. Nota lo sguardo dell'uomo e spiega:

"La mia fede nuziale l'ho sfilata dal dito e l'ho fatta seppellire insieme a mio marito." Respira profondamente,

"Lo so di apparire superficiale, cambiando idea così in fretta, proprio perché lei non ha cercato di influenzarmi in alcun modo. La ringrazio tantissimo per la sua offerta, Lei è molto premuroso, ma la rifiuto. Sono arrivata alla conclusione che la mia pena non sarebbe guarita se uccidessi il responsabile. Sarebbe solo un sollievo apparente e temporaneo, ma il pensiero del dolore della famiglia di lui non mi fa sentire meglio. Nulla può rendermi i miei cari."

"Allora che cosa intende fare adesso?" L'uomo non allontana la mano della vecchia signora dal suo braccio, come se il contatto gli facesse piacere.

"Scenderò dal treno alla prossima stazione, e prenderò il primo treno nella direzione opposta, per tornarmene a casa. Ho solo un favore da chiederle, se possibile. Potrebbe prenderla lei questa pistola, e anche le pallottole? Non saprei cosa farmene e temo, che se le gettassi da qualche parte, qualcuno potrebbe recuperarle e farsi male…"

"Non ci sono problemi. Dia pure tutto a me."

La vecchia signora gli passa la borsetta, come se neppure riuscisse a sfiorare l'arma.

L'uomo dagli occhi grigi fa scomparire tutto quanto nella sua elegante ventiquattrore, come un prestigiatore.

"Se ne servirà, uhm, nel suo lavoro?"

Finalmente l'uomo sorride apertamente.

"Ah, non ci pensi neppure. Le ho detto che sono un professionista serio. Non mi servirei mai di un simile ferrovecchio. Lo farò sparire. Questo è quanto."

Il treno rallenta, avvicinandosi alla stazione successiva. L'anziana signora, si allontana nel corridoio, verso l'uscita, girando la testa verso l'uomo, per un ultimo, timido cenno di saluto, ma lui non la guarda più, come se non fosse mai esistita. Tira fuori di nuovo il suo libro e si concentra nella lettura.

Quello Giusto

Forse il Fato vuole che tu conosca molte persone sbagliate prima di conoscere la persona giusta, in modo che, quando finalmente la conoscerai, tu sappia esserne grato.
~Gabriel Garcia Marquez~

Sebbene Capacciano fosse solo un grosso paese, contava—con una certa incongruità—ben sei negozi di parrucchiere. Quello più alla moda esibiva un'insegna di apparente memoria cechoviana. 'Le Tre Sorelle - Coiffeur unisex'. In realtà non c'era nessun volontario omaggio alla letteratura russa. Era solo l'affermazione che si trattava di un'attività di famiglia, gestita da tre sorelle. Casualmente una di loro si chiamava Olga. Le somiglianze con Cechov si fermavano a questo punto.

Olga, la sorella maggiore delle tre, era una matrona pragmatica sulla cinquantina, che amministrava la gestione dell'attività di famiglia, pur continuando sporadicamente ad occuparsi delle acconciature di qualche cliente speciale, che insistesse a richiedere il suo tocco. Olga era sposata e madre di tre ragazzi, che non avevano mai manifestato il minimo interesseper seguire le orme della carriera professionale della mamma.

Poi c'era Graziella, la seconda sorella, una donna alta e sottile, che assomigliava al fusto slanciato di un albero. Graziella era sposata anche lei, ma non aveva avuto figli. Era specializzata nelle acconciature maschili, essendo il loro era un negozio di parrucchiere unisex.

Annina, la sorella più giovane, era nubile e viveva la sua condizione anagrafica come fosse una manchevolezza. Aveva frequentato alcuni uomini, ovviamente, e aveva avuto anche storie di media durata con un paio di loro, ma nessun incontro l'aveva condotta a un rapporto di coppia felice e stabile. Annina era di natura gentile, un poco timida e molto sentimentale. Non possedeva né l'ammirevole senso degli affari di Olga né la raffinata eleganza di Graziella, ma era un'abile stilista ed era dotata di un'empatia naturale e una gentilezza contagiosa, che la facevano apprezzare da tutte le clienti. Col passare degli anni, Annina aveva preso a considerarsi una zitella senza speranza, anche se nessuno usava più questa parola. Soffriva di una forma di solitudine sentimentale, che cercava di mascherare al meglio.

Annina era quasi caduta in depressione il giorno del suo quarantesimo compleanno, ma aveva nascosto bene la sua profonda malinconia, mostrando soltanto la gratitudine per la bella festa che le sue affezionate sorelle avevano organizzato per lei. Si era consolata pensando che solo i compleanni che marcavano una cifra piena venivano di solito celebrati in modo più fastoso e l'avvicinarsi del suo quarantunesimo anniversario non avrebbe portato con sé il rischio di un'altra festona, messa su dai suoi cari parenti.

Quella sera Annina aveva appena finito di guardare un film molto romantico in televisione e aveva messo su l'acqua per farsi una tisana. Si chiese come mai nei film così spesso trionfassero i finali positivi, nei quali i due protagonisti, che all'inizio sembravano non aver nulla in comune, scoprivano invece di essere profondamente innamorati l'uno dell'altra. Pensò che la realtà fosse sicuramente troppo normale per offrire una tale, entusiasmante prospettiva ad una donna così banale come lei. Annina tirò su col naso. Le storie romantiche la commuovevano sempre fino alle lacrime. Annina aveva dei bellissimi occhi verdi, un po' sperduti in un faccino troppo tondo. La sua pettinatura era, ovviamente, sempre impeccabile ("Siamo la pubblicità vivente del nostro salone di acconciature." Ripeteva sempre Olga).

Annina aveva arricchito i suoi folti capelli castani con accurati colpi di sole, e mascherava graziosamente la fronte, un po' troppo bombata, con una leggera frangia, ben tagliata.

Annina non aveva voglia di andare a letto. Non era ancora tardi e le impressioni del film non l'avrebbero fatta addormentare facilmente, perché le giravano in testa tutte le scene più romantiche che aveva visto e che continuava ad assaporare come un delizioso elisir.

Si sedette sulla sua poltrona preferita e aprì il portatile sulle ginocchia. Annina non era tipo da social, ma se la cavava bene col computer e aveva, di conseguenza, l'incarico di occuparsi della messa a giorno del sito web del negozio di famiglia. Aveva la propria pagina su Facebook, ma la sua attività era limitata a uno scambio, neanche troppo frequente, di messaggi con i nipoti, qualche parente e una coppia di ex-compagne di scuola. Raramente postava una foto. Niente di veramente personale, solo qualche istantanea da condividere con il suo ridotto circolo di "amici".

Dette un'occhiata veloce a quello che i suoi nipoti maschi avevano appena messo online, principalmente foto di partite di calcio. Poi, quando stava per spegnere il portatile, si accorse di aver ricevuto una richiesta di amicizia da qualcuno che era sicura di non conoscere. La curiosità la spinse a controllare il profilo della persona. A sua grande sorpresa scoprì che si trattava di un uomo piuttosto attraente, che precisava nei suoi dati biografici di essere vedovo, un medico impegnato a tempo pieno con un'organizzazione internazionale.

Nella sua richiesta di amicizia, lo sconosciuto dottore spiegava di essere stato colpito non solo dall'aspetto di Annina ma ancora più dalla sua spontaneità e dal suo senso della famiglia, e pensava che loro due potessero avere molto in comune.

Ad Annina venne subito in mente un vecchio film con Meg Ryan (era proprio Meg Ryan?) che iniziava una corrispondenza per email con…— chi era l'attore?—, in ogni caso era uno che nella vita reale la protagonista del film conosceva superficialmente e detestava. Tuttavia alla fine s'incontravano e capivano di essere fatti l'uno per l'altra e… epilogo felice!

Annina pensò che, nel peggiore dei casi, ci fosse sempre lo scudo protettivo della parziale anonimità offerta da Internet, e allora non c'era niente di male nel fare un tentativo. Accettò l'offerta di amicizia su Facebook proposta dall'uomo. Poi andò a dormire, sentendosi di umore vagamente più sereno.

Il giorno successivo si era quasi dimenticata di quel piccolo episodio. Non essendo morbosamente dipendente dai social network, controllava la sua posta elettronica e il resto solo una volta al giorno, la sera.

Alla fine della giornata di lavoro Annina si sentiva un po' giù di morale. Di solito adorava la sua professione, e aveva relazioni amichevoli, anche se solo casuali, con le sue clienti più regolari. Quel giorno aveva dovuto fissare un appuntamento per il mattino successivo con la giovane e molto attraente Oriana Pinna, che si sarebbe sposata alle undici e contava sui talenti di Annina per ottenere l'acconciatura più romantica e perfetta nel suo giorno più importante. Annina non era invidiosa; la giovane Oriana le era simpatica, ed era davvero felice per lei, ma, al tempo stesso, una vocetta maligna continuava a ripeterle che Oriana aveva solo ventun anni, e aveva già trovato l'uomo giusto; mentre Annina, che di anni ne aveva quasi il doppio, ancora passava le notti a letto con un libro e il suo vecchio gatto dallo sguardo altero.

Senza aspettarsi nulla di speciale, una volta tornata a casa la sera, dopo aver dato da mangiare al gatto, Annina accese il portatile e andò sulla sua pagina Facebook. Un lungo messaggio del dottore la stava aspettando.

Si chiamava Maurizio Lonero, un vedovo quarantacinquenne. Si presentava come un uomo riservato e molto sensibile, che aveva sofferto moltissimo per la morte prematura e improvvisa della moglie. Scriveva di aver trovato conforto nell'aiutare le persone più sfortunate e per questo si era unito a un'organizzazione medica non-profit che operava nei campi profughi in Siria.

Suggeriva ad Annina di scambiarsi gli indirizzi email personali per continuare la loro corrispondenza, se le poteva far piacere, in modo più diretto e privato, lasciando stare gli inutili condizionamenti e le pubblicità di Facebook.

E questo fu il principio di tutto.

Le sorelle di Annina avevano notato con piacevole stupore che lei stava cambiando. Sembrava più sicura di sé e pervasa da un insolito entusiasmo. Si era comprata dei vestiti nuovi che le stavano benissimo, mettendo in valore le sue belle curve. Graziella aveva cercato di farle alcune domande ma Annina le aveva aggirate senza rispondere direttamente, limitandosi a un sorrisetto misterioso e beato.

"Ha uno che le sta dietro e deve essersi innamorata. Non capisco perché non si voglia confidare con noi. In fondo siamo le sue sorelle." Graziella si lamentava con Olga.

"Lasciala in pace. La nostra Annina è una romantica, ma ha buon senso. Ci racconterà tutto quando per lei sarà il momento di farlo." Olga minimizzava la situazione, ma in realtà era curiosa esattamente come Graziella.

Era la metà di Marzo quando un'Annina parecchio su di giri, con addosso una elegante camicetta di seta e dei pantaloni grigio-perla dall'aria costosa, sbarcò di furia nell'agenzia locale della sua banca, chiedendo al cassiere di trasferire immediatamente 5000 euro dal suo conto personale a un destinatario all'estero.

Il cassiere, un giovanotto allampanato, che conosceva bene Annina e le sue sorelle, le disse che non c'erano problemi, bastava che lei gli comunicasse il codice IBAN del conto bancario del destinatario.

Annina s'innervosì; continuava a scostarsi la frangetta dalla fronte, senza neanche rendersene conto.

"Ma, ma, io non lo conosco questo codice. Il destinatario non ha un conto bancario nel pase in cui si trova al momento. Si tratta di una situazione di emergenza…"

Annina aveva cominciato a parlare concitatamente, a voce un poco troppo alta. Il giovane cassiere stava zitto, in attesa di altri dettagli, dispiaciuto di non poter accontentare la cliente. Alla fine spiegò ad Annina che lei avrebbe potuto spedire il denaro tramite un servizio internazionale, come, per esempio, Western Union. In tale modo il destinatario non avrebbe avuto bisogno di un conto bancario per ritirare la somma.

Annina fu stupita di non poter trasferire soldi tramite la sua banca di fiducia, ma il cassiere la informò che esisteva un'agenzia della Western Union anche a Capacciano e le dette l'indirizzo.

Annina parve subito sollevata e se ne andò di fretta, dopo aver prelevato i contanti dal suo conto.

Il direttore dell'agenzia bancaria, il ragionier Armando Rossotti, un uomo serio e flemmatico, con una faccia stranamente priva di caratteristiche, si era reso conto che stava succedendo qualcosa alla cassa—era una piccola filiale, e non c'era mai molta attività.

Interrogò con lo sguardo il cassiere, che gli riassunse i fatti; una stimata cliente, la signorina Baldini, gli aveva chiesto assistenza per trasferire una cifra di denaro all'estero, e lui l'aveva indirizzata alla Western Union.

"Uhm…" Rossotti si passò una mano tra i capelli, che erano folti e brillanti, anche se acconciati in modo troppo giovanile, non esattamente come ci si sarebbe aspettati da un direttore bancario di mezza età. "Si trattava di una somma importante?"

"Non particolarmente, la signora ha prelevato 5000 euro dal proprio conto. Ha specificato che era semplicemente per aiutare un amico in vacanza; ha parlato della Turchia…"

"Uhm…" Ripeté Rossotti, lasciando il cassiere nel dubbio di aver commesso un errore. Rossotti era sempre vago nell'esprimersi, così come i suoi lineamenti mancavano di definizione. Un uomo difficile da descrivere fisicamente. Era uno di quelle persone che non si fanno notare in nessuna circostanza. Nel caso del Rossotti l'unico particolare che saltava subito agli occhi della gente era la sua pettinatura, che sembrava aggiunta alla sua figura come l'elemento fuori posto di un collage. Aveva capelli di un bel castano chiaro, che non erano acconciati in uno stile fisso, ma cambiavano spesso. Era un cliente regolare del negozio di acconciature 'Le Tre Sorelle' dove si affidava alle mani esperte e alla creatività di Graziella, la responsabile per il servizio di parrucchiere da uomo, senza esprimere alcuna preferenza per un taglio o uno stile.

Graziella aveva cominciato a considerarlo una specie di modello su cui sperimentare novità, poiché il ragionier Rossotti aveva davvero capelli bellissimi e la lasciava completamente libera di farne quello che lei voleva. Graziella si sentiva un po' frustrata perché, alla fine del suo accurato lavoro, lui si limitava a formulare qualche parola di soddisfazione formale per il risultato finale, mentre lei era certa che l'uomo non avesse neanche dato un'occhiata allo specchio.

"In ogni caso il ragioniere è soddisfatto di come mi prendo cura dei suoi capelli," Graziella diceva alle sorelle, "Altrimenti non ritornerebbe qui così spesso."

Persino la perspicace Olga non aveva indovinato che dietro l'apparente passione del Rossotti per reiterati cambiamenti di pettinatura c'era un profondo e tenero sentimento d'amore per Annina, che il ragioniere non aveva idea di come rivelare.

Ah, se solo fosse stata Annina a occuparsi del reparto parrucchiere per uomo…Forse lui avrebbe trovato un pretesto per avviare una conversazione vagamente più personale con lei e, magari, con uno slancio di coraggio, l'avrebbe invitata per un aperitivo o un caffè. Ma nella realtà dei fatti, doveva limitarsi a guardarla, senza farsi troppo notare, mentre sopportava pazientemente i trattamenti e i tagli fantasiosi ai quali Graziella lo sottoponeva. 'Annina non presterebbe mai attenzione a un uomo come me.' Pensava Armando Rossotti con un sospiro. Lei era certamente molto più giovane di lui. Era così bella e fascinosa e gentile…

Una volta aveva pensato che la dea cieca della fortuna avesse giocato in suo favore, perché Graziella era bloccata a casa da una brutta influenza, quando lui si era presentato al negozio delle parrucchiere. Ma Olga aveva fatto affondare miseramente le sue attese ottimistiche.

"Purtroppo oggi Graziella è indisposta, ma io mi prenderò cura dei suoi capelli, ragioniere, spero con la stessa attenzione."

Lui aveva lanciato uno sguardo in tralice verso Annina, che era indaffarata con una signora anziana, la cui testa, coperta di ricciolini stretti, la faceva assomigliare a una pecora malinconica, e non gli era rimasto che ringraziare Olga con un sorriso rassegnato.

Erano passate ormai più di due settimane da quell'episodio alla banca, quando, una mattina, Armando Rossotti, attraverso la vetrata che divideva il suo ufficio dal resto dagli sportelli e dalle scrivanie degli impiegati, vide Annina, che sembrava nervosa e turbata, tutta presa in una veemente discussione col cassiere.

Senza pensarci più di tanto, Armando lasciò l'ufficio e si avvicinò ad Annina.

"Buon giorno, signorina Baldini, posso aiutarla?"

"Oh, buon giorno, ragionier Rossotti. Non capisco perché c'è sempre bisogno di complicare le cose, Desidero semplicemente ritirare il mio denaro dal mio conto personale, 40.000 euro, in contanti. Sono soldi miei. Perché non posso farlo senza tante storie?"

Poi, lasciando Armando rattristato e stupefatto, Annina scoppiò in lacrime. C'erano solo tre altri clienti nella banca, e si erano messi a fissare Annina con curiosità,

"La prego, signorina Baldini, si accomodi nel mio ufficio. Metteremo tutto a posto." E la allontanò con gentilezza dalla cassa, guidandola leggermente per il gomito. Annina gli permise di accompagnarla in ufficio senza opporsi. Continuava a singhiozzare. Il naso le stava diventando di un color rosa intenso e Armando non poté fare a meno di pensare che fosse carinissima ma, al tempo stesso, si sentiva preoccupato, incapace di immaginare cosa l'avesse potuta mettere in un tale stato di disperazione.

La fece sedere nella poltroncina di pelle di fronte alla sua scrivania e le allungò una scatola di fazzolettini di carta, poi infilò una cialda nella sua Nespresso e le preparò una tazzina di caffè, e ne fece una seconda per sé.

Annina bevve il caffè e sembrò calmarsi un poco. Guardava Rossotti con gratitudine. Poi, come se qualcuno avesse di colpo tolto il coperchio al pentolone dove ribollivano i suoi agitati sentimenti, prese a sfogarsi.

Spiegò, con frequenti interruzioni dovute a sospiri e piccoli singhiozzi, che lei aveva assoluto bisogno di venire in soccorso al suo fidanzato, che era in una situazione di pericolo e stava rischiando la vita.

Si mise a piangere di nuovo; le lacrime le scorrevano sulle guance mentre raccontava ad Armando che il suo amato Maurizio era rimasto bloccato in una zona molto pericolosa, in Siria, e il solo modo di salvarsi era riuscire a passare la frontiera con la Turchia. Ma aveva perso il passaporto durante un bombardamento, che aveva pure distrutto l'ospedale dove lui lavorava, e l'unica maniera—la povera Annina singhiozzava drammaticamente, precisando che era davvero la

SOLA maniera—era corrompere i doganieri turchi. Ma prima di ciò occorreva anche pagare un riscatto a un gruppo di guerriglieri siriani e…

Armando Rossotti era un uomo tranquillo, forse troppo sentimentale, ma non era un ingenuo, senza esperienza. Capì subito che c'erano troppi elementi incongrui nel racconto di Annina e, con il massimo di tatto, cercò di ottenere più informazioni.

"Non si preoccupi, cara signorina Baldini. Io sono qui per aiutarla. Ma deve dirmi qualcosa di più perché io possa fare il necessario. Perché lei intende inviare denaro in Turchia, se il suo fidanzato è trattenuto in Siria? Come può arrivare in possesso del denaro che necessita?"

"Un suo amico, che è turco, sta per andare a cercarlo, e porterà i soldi a Maurizio e lo aiuterà a raggiungere il confine turco. Maurizio è riuscito a contattarmi per email e a spiegarmi quello che dovevo fare."

Armando Rossotti si sentì improvvisamente molto triste per lei. Si era persuaso che Annina fosse rimasta vittima di un raggiro, ma non osava ferirne i sentimenti in modo brutale. Provava il bisogno di proteggerla e ringraziava il cielo per essere stato là al momento giusto.

"Le sono davvero grato per la fiducia, signorina Annina, e le assicuro che farò tutto per assisterla in questa difficile e delicata situazione, ma sono obbligato moralmente a suggerirle una grande cautela. È fidanzata da molto con questo signore? Lo conosce bene?"

Annina si mise sulla difensiva, ma le rimaneva il bisogno di contare su un ascoltatore comprensivo.

"Maurizio ed io ci conosciamo da sei mesi, ma la nostra è una relazione molto seria. Abbiamo anche già parlato di matrimonio. Lui mi raggiungerà appena sarà in salvo in Turchia. Naturalmente mi restituirà il denaro che devo anticipargli. Non si approfitterebbe mai di me, ne sono certa. È una persona per bene. Un medico, sa, che cura i bambini, vittime della guerra civile in Siria." Esitò e alzò gli occhi verso Armando, come per implorarne la conferma.

"Signorina Annina, posso chiamarla semplicemente così? Posso sapere il nome del suo fidanzato?"

"Ma certo! Si chiama Maurizio Lonero; ha quarantacinque anni ed è nato a Genova. È vedovo, un medico, come le ho detto..." Improvvisamente si bloccò, come folgorata. Annina non era una stupida; era romantica e soffriva di solitudine, ma non era per nulla stupida. Ascoltava le sue stesse parole come se fossero pronunciate da un'altra persona, e un dubbio angosciosissimo cominciò a striscierle in mente. Voleva disperatamente soffocarlo e insistette, più con se stessa che con Armando.

"Ho tante sue foto; ci siamo scritti centinaia di email. Gli ho anche parlato al telefono un paio di volte, ma la linea era pessima. Una volta abbiamo cercato di connetterci su Skype, ma il video non funzionava, il segnale era troppo debole, era normale, lui era in zona di guerra…"

Rossotti se la cavava bene col computer. Essendo un uomo solitario, trascorreva parte del suo tempo libero studiando e smanettando sul computer di casa. Fece una ricerca veloce, ma non riuscì a trovare nessun dottore genovese di nome Maurizio Lonero. I suoi sospetti furono confermati, ma voleva esserne totalmente certo.

"Mi perdoni per essere indiscreto, Annina, ma penso che lei non abbia incontrato il suo fidanzato in persona molto spesso…"

Annina sgranò gli occhi come una bimba colta a fare qualcosa di proibito. Armando sentì un'ondata di tenerezza per lei, quando Annina confessò, arrossendo,

"Io, io non l'ho ancora incontrato di persona. Lui aveva programmato di venire a trovarmi qualche settimana fa; avevamo comprato il biglietto aereo e prenotato l'albergo ad Arezzo…Ma all'ultimo momento, mentre stava visitando un paziente, di notte, è stato aggredito e derubato, così ha dovuto annullare il viaggio."

"Scusi la domanda, ma ha parlato con le sue sorelle di questo fidanzato?"

"Uhm, no. Mi trattano sempre come se fossi ancora una ragazzina. Sono la sorellina minore, e loro sono troppo protettive. Ma non sono mica più una bambina e non lo sono da anni. Ho quasi quarantuno anni. Sono una donna adulta e matura, e non mi va di essere tutelata dalle mie sorelle in tutto quello che faccio, anche se voglio loro un bene immenso."

Armando non riuscì a trattenere un'esclamazione spontanea.

"Ma davvero lei ha quarantuno anni, Annina? Non posso crederci. Pensavo ne avesse al massimo una trentina. Io ne ho quarantanove, e sembro molto più vecchio della mia età, mentre lei ha un'aria tanto giovane!"

"Oh, non è vero: lei non sembra per niente vecchio, ragioniere!"

"Mi chiami Armando, la prego!"

"Le assicuro, Armando, che lei al massimo dimostra quarantacinque anni. Beh, se mi permette di essere sincera, c'è solo il suo taglio di capelli e la pettinatura che non le si adattano. So che lei è cliente di mia sorella Graziella, ma temo che le idee di Graziella e le mie siano parecchio diverse, per quello che riguarda le pettinature maschili. Io sono un pochino più tradizionalista."

Entrambi si resero conto di stare divagando dall'argomento principale della loro conversazione e si fissarono in silenzio, con un leggero imbarazzo.

"Annina, ho ben paura che lei sia stata vittima di un raggiro. So che nulla mi autorizza a chiederle di fidarsi di me, ma se mi lasciasse esaminare le foto che ha ricevuto dal suo, ehm, fidanzato, forse potrei... Vede, me la cavo discretamente con le ricerche in rete."

Annina era confusa, ma una vocina interiore le suggeriva di dare fiducia all'uomo gentile che le sedeva di fronte. Inoltrò molte delle foto che aveva ricevuto da Maurizio, e che teneva in memoria nel telefonino, all'indirizzo email di Armando, che lui le aveva appena comunicato. Dopo aver scaricato le foto, Armando lanciò subito una ricerca mirata. Fu più facile di quello che si aspettava.

Guardò Annina, seduta dall'altro lato della scrivania, come una studentessa in attesa dei voti dell'esame finale. Armano era a disagio, quando girò il portatile verso di lei per mostrarle lo schermo.

"Le fotografie della Siria che le sono state spedite, sono prese da Internet. Può trovarle qui, nel sito web di questo quotidiano britannico...E poi, l'uomo che si è presentato a lei come Maurizio Lonero...Guardi, Annina, oh, mi dispiace infinitamente."

Annina sentì la nausea montarle in gola e la testa cominciò a girarle. Tutte le foto che Maurizio le aveva spedito erano lì, assieme a parecchie altre, sulla pagina del sito web di un attore ceco, tale Miloslav Bosak, che era, nel suo paese, una popolare stella di fiction romantiche. Annina era impallidita, gelata come le sue lacrime.

Poi parlò. Perfino la sua voce era gelata.

"Armando, devo chiederle un grande favore…"

"Qualunque cosa, Annina, qualunque cosa."

"Per piacere, non dica nulla alle mie sorelle. Non potrei sopportarlo."

"Mai. Ha la mia parola, Annina. Non credo ci sia alto da fare ormai. Lei ha potuto preservare la parte più cospicua del suo denaro, e non le è accaduto nulla di grave, fortunatamente. Non deve vergognarsi. Non è la sola a essere stata raggirata. Malauguratamente molte signore di animo buono sono state e saranno imbrogliate da presunti corteggiatori sul web. Se questa persona dovesse cercare di mettersi ancora in contatto con lei per email, non risponda e lo blocchi. Se preferisce, posso chiamarlo io, poiché lei ha un recapito telefonico, e lei può essere sicura, che dopo una chiacchieratina con me, la lascerà definitivamente in pace."

Annina si era persa in pensieri confusi.

"Lei si sta rivelando un buon amico, Armando. È così strano che non ci siamo mai parlati prima, al di là dei saluti formali, buongiorno e buonasera. Immagino che non ci sia possibilità per me di riavere il denaro che avevo già fatto trasferire…"

"Denaro? Ah, sì, certo. Lei ha pagato per il biglietto aereo e le altre spese, vero?"

"Sono stata così scema." E Annina arrossì nuovamente. Quel continuo alternarsi di pallori e arrossamenti cominciarono a preoccupare Armando, ma Annina sembrava essersi ripresa relativamente bene da tutte quelle rivelazioni scioccanti.

"Gli ho fatto avere 5000 euro. Beh, immagino sia il giusto prezzo da pagare per la mia credulità. Almeno lei è riuscito a salvare il mio conto bancario dalla rovina. Ero pronta a dilapidare tutto per…lui. Le sono infinitamente grata. Non potrò mai ringraziarla abbastanza."

Annina fissava la faccia di Armando. Aveva un sorriso rassicurante, era alto e solido. Trasmetteva gentilezza e protezione. I suoi capelli sarebbero stati molto belli, se solo avesse cambiato pettinatura. 'La prossima volta me ne occuperò io personalmente', pensò Annina. Invece disse,

"Come si può smascherare questo disgustoso imbroglione?"

"Temo non sarà facile identificarlo, Annina. Deve essere un turco, visto che si è fatto spedire soldi in Turchia, ma ha di sicuro un complice italiano, che le scriveva le email, prive di errori. Penso che anche se informassimo la polizia, non potrebbero fare molto. Per giunta, se lei decidesse di sporgere denuncia, le sue sorelle verrebbero sicuramente a saperlo, prima o poi."

"Oh, santo cielo! Lei ha proprio ragione, ho imparato la lezione e certamente eviterò in futuro di perdermi ancora nel mio mondo dei sogni."

Annina scosse il capo malinconicamente.

"Ho già approfittato anche troppo del suo tempo, Armando. Ora vado."

"Ma è sicura di sentirsi bene, Annina? Ha appena avuto un brutto choc. Se non mi considera troppo invadente, sarei felice di accompagnarla a casa. Lei ha certamente molti amici, ma in questo momento, molto delicato, non va bene che lei resti sola. Magari ci fermiamo in piazza e ci prendiamo un gelato. Siamo solo all'inizio di aprile, ma oggi fa già caldo."

Si sorprese di se stesso. Non avrebbe mai immaginato di poter essere così intraprendente. Trattenne il fiato, pronto ad ascoltare un rifiuto.

Invece Annina gli rivolse un sorrisetto luminoso.

"A me piace moltissimo il gelato."

E Poi Venne il Corvo

*"Non accade nulla nel mondo e l'uomo
stringe ancora la pioggia nelle sue ali
di corvo e grida amore e dissonanza"*
~Salvatore Quasimodo~

Sapeva benissimo che alle otto del mattino era ancora troppo presto per accendersi un mezzo toscano; ma sua moglie non era lì a vederlo, e l'aroma del sigaro era particolarmente piacevole nell'aria fresca di quello che prometteva essere un giorno sereno di fine settembre.

Matteo Necci aveva una natura gentile e contemplativa che contrastava con il suo aspetto sanguigno. Era alto e solido, e sarebbe potuto quasi sembrare truce, quando si aggirava tra le tombe del piccolo cimitero di Capacciano. Semplicemente, stava bene da solo. Amava il silenzio e la calma, appena interrotti dal leggero fruscio del vento tra le foglie degli alberi.

A Necci piaceva il proprio lavoro, anche se non si poteva considerare un'occupazione a tempo pieno. Per la verità era in già in pensione, ma non aveva mai smesso di occuparsi della manutenzione del piccolo cimitero del villaggio.

Il sindaco gli aveva lasciato l'incarico, perché sarebbe stato assurdo assumere un'altra persona per svolgere le semplici incombenze assolte dal Necci, a titolo gratuito. Quando era necessario, il sindaco mandava uno dei giardinieri del comune a dare una mano al Necci con i lavori più pesanti e, durante i funerali, c'erano gli impiegati dell'agenzia di pompe funebri che badavano a tutto.

Necci cominciò la sua consueta ispezione mattutina per controllare che tutto fosse in ordine nel cimitero. Fece un meticoloso giro tra le tombe e le cappelle funerarie per essere certo che nessuno si fosse messo in testa di visitare il cimitero di notte, per chissà quale stravagante proposito. Per fortuna accadeva di rado. In generale il sonno tranquillo dei residenti autorizzati era rispettato. Alcune volte Necci aveva trovato qualche bottiglia vuota di vino o di liquore abbandonate negli stretti sentieri fra le tombe, e subito aveva provveduto a fare pulizia, rimuovendo quello che i visitatori notturni avevano lasciato dietro di loro. Non era il caso di farne un dramma. Poteva succedere che alcuni ragazzi si sfidassero a passare la notte nel cimitero, come se fosse una grande prova di coraggio. Necci scrollò il capo... che stupidi possono essere i giovani. Le persone meno pericolose al mondo sono proprio i morti, che mai farebbero del male a qualcuno, a differenza di molti vivi.

Matteo Necci non provava disagio nel trascorrere tempo da solo, tra i morti, al contrario, si sentiva bene. Spesso era la sola persona presente nel cimitero; con l'eccezione del vecchio Ripamonti, che arrivava regolarmente ogni mattino, di ogni giorno dell'anno, con qualsiasi tipo di tempo.

Abelardo Ripamonti, un vecchietto piccolo e rinsecchito, con le spalle incurvate dagli anni, era conosciuto da tutti a Capacciano. Alcuni anni prima aveva vinto una somma enorme con un biglietto del gratta-e-vinci, e l'aveva divisa quasi interamente tra i suoi tre figli, Primo, Secondo e Luigi, che sembravano giganti bonaccioni, con spalle imponenti e mani come badili. I tre fratelli Ripamonti erano brava gente, grandi lavoratori. Avevano investito quasi tutta la vincita del padre nella loro azienda agricola, che già andava molto bene, senza montarsi la testa. Al contrario avevano creato nuovi posti di lavoro per gli abitanti del paese, e avevano sempre dato una mano a tutti, senza tirarsela.

Il vecchio Abelardo si era tenuto solo i soldi necessari per far costruire una maestosa cappella funeraria per la moglie, Luisa, della quale nessuno si ricordava più in paese, perché era già morta da sessant'anni, dando alla luce Luigi, l'ultimo dei fratelli Ripamonti. Ma non sarebbe stato giusto affermare che Luisa Ripamonti fosse stata dimenticata, perché suo marito ne venerava la memoria in ogni giorno della sua vita. Il vecchio Ripamonti non si era più risposato; aveva dedicato tutti quegli anni solo ai figli e al lavoro.

Quando il vecchio aveva vinto alla lotteria, se ne era parlato molto in paese, ma lui era un brav' uomo, molto rispettato, e nessuno poteva in coscienza criticare la sua decisione di costruire quella tomba monumentale per la moglie. Giravano voci che fosse stato a Parigi (Figurarsi! Come se quel vecchietto potesse andarsene da solo a Parigi…Chissà mai?) e avesse scelto di far copiare esattamente una cappella funeraria che aveva visto proprio là, la tomba di un antico saggio, di nome Abelardo, come Ripamonti, e della sua amatissima Eloisa.

Il risultato era stato un magnifico tempietto di marmo, delicato come un merletto, con colonnine slanciate.

A parte quest'apparente stranezza architettonica, non era cambiato niente nel tenore di vita di Abelardo. Guidava ancora la sua vecchia Ape Piaggio, nonostante i figli, i nipoti e i pronipoti stessero tutti in pensiero quando il vecchietto si avventurava fuori dalla fattoria di famiglia su quel veicolo decrepito. Anche i suoi vestiti erano rimasti i soliti, compreso il suo immancabile cappello marrone scuro, ormai un po' sformato.

Abelardo Ripamonti arrivava al cimitero ogni mattina, e si sedeva su uno dei gradini del tempietto, dopo aver sistemato con affettuosa cura un nuovo mazzo di fiori dentro un grande vaso di ceramica. Si tratteneva poi per almeno un'ora, apparentemente immerso in preghiera. Ma Matteo Necci, camminando lì vicino, si era accorto che Ripamonti non stava pregando, ma conversava con calma rivolgendosi alla moglie morta, raccontandole tutto quello che era successo alla loro fattoria e in paese.

Poi Ripamonti si rimetteva in piedi, ogni mese con un pochino più di fatica, accarezzava il marmo della cappella, come fosse la guancia dell'adorata moglie, e la salutava,

"Arrivederci, Luisa. Ci vediamo domani."

Anche quella mattina, avvicinandosi alla cappella funeraria dei Ripamonti, Matteo Necci vide il profilo del vecchio Abelardo, seduto al solito posto e appoggiato a una delle eleganti colonnine. Necci si chiedeva come un ometto tanto fragile avesse potuto procreare tre giganteschi omoni di figli. Forse—pensava—Luisa Ripamonti era stata una donna alta e robusta, ma era morta da così tanto tempo che nessuno si ricordava più del suo aspetto.

La luce del sole filtrava tra i merletti di marmo e formava un'aureola dorata attorno al Ripamonti, che aveva come sempre in testa il suo cappello marrone.

"Buongiorno, Abelardo! Che bel tempo che abbiamo oggi!" Necci lo salutò con la mano, avvicinandosi.

Il vecchio Ripamonti, probabilmente assorto in uno dei suoi teneri ed emozionali soliloqui con la moglie, non dette segno di risposta.

Matteo Necci non lo voleva disturbare, ma aveva la confusa impressione che ci fosse qualcosa di anomalo nella scena davanti ai suoi occhi. I fiori freschi erano stati sistemati per bene nel loro vaso, ma il mazzo del giorno precedente, ancora assolutamente fresco, stava ai piedi di Abelardo.

Abelardo Ripamonti seguiva sempre una precisa abitudine. Sistemava i fiori per Luisa nel loro vaso, poi portava il mazzo del giorno precedente (per sua moglie c'era sempre un bouquet fresco ogni santo giorno) su una diversa tomba abbandonata e lo offriva all'anima sconosciuta che vi era sepolta, alla fine tornava dalla moglie e si godeva il tempo con lei.

"Abelardo, va tutto bene? Vuole che li porti io i fiori di ieri su un'altra tomba?"

Il vecchio Ripamonti non ebbe alcuna reazione. Doveva aver sentito per forza la voce di Necci, anche se pare fosse diventato un po' sordo negli ultimi anni. Stavano solo a qualche metro l'uno dall'altro.

"Abelardo?" Necci si avvicinò ancora un poco e mise la mano sulla spalla del vecchio, per attrarne l'attenzione. Sentì sotto la stoffa della giacca di Abelardo la fragilità di quelle vecchie ossa. Necci non osò scuoterlo, anche se con gentilezza, per paura di fargli male. Malgrado la sua cautela, Abelardo Ripamonti scivolò giù dal gradino dove era seduto e se ne rimase immobile, steso sulla schiena. Il cappello marrone rotolò da un lato.

Necci capì subito quello che era successo. Abelardo aveva raggiunto la sua Luisa.

"Oh, santo cielo... e adesso chi gliela dà una notizia così triste ai figli?" Necci guardò giù alla faccia di Abelardo che appariva serena. C'era un piccolo sorriso, disegnato sulle labbra sottili del vecchietto. Necci tirò fuori il telefonino e chiamò aiuto.

Abelardo Ripamonti aveva novant'anni. Di sicuro non ci si poteva aspettare che vivesse per sempre. Ma i tre figli e l'intera famiglia ne furono sconvolti. Primo, il figlio maggiore, continuava a ripetere,

"Ma il babbo stava bene, proprio bene. Il dottore ci aveva detto che stava in perfetta salute..." E poi singhiozzava come un bambino nascondendosi gli occhi dietro alle manone da contadino.

Si organizzò il funerale e tutto il paese venne a dare l'ultimo saluto al vecchio Ripamonti, che avrebbe dormito per sempre al fianco della sua Luisa.

La mattina delle esequie, Mattero Necci si recò al cimitero prima del solito, per assicurarsi che tutto fosse in ordine per la cerimonia.

Non voleva che i Ripamonti, già colpiti da un lutto tanto doloroso, fossero turbati da qualcosa di fuori posto o disordinato nella loro cappella funeraria.

Quando arrivò alla tomba dei Ripamonti, Necci raccolse il mazzo di fiori che era rimasto nel vaso e di colpo provò una fitta di nostalgia, pensando al vecchietto, che non avrebbe mai più incontrato. Diede uno sguardo al gradino, dove Abelardo amava sedersi, e si accorse, con una certa sorpresa, che c'era un piccolo corvo. Non aveva visto l'uccello arrivare in volo e poi posarsi, ma era là. Il corvo non sembrava spaventato dall'arrivo di Necci. Non si mosse, ma alzò la testa, come se fosse curioso. Era un corvo comune, forse appena più piccolo: le sue piume nere luccicavano nel primissimo sole del mattino, ma in testa era un po' arruffato, come se avesse perso qualche piumetta.

Necci portò i fiori su una tomba, dove non ci andava più nessuno. Quando ritornò, il corvo era ancora là. L'uccello zampettò con calma sul gradino per un paio di minuti, poi se ne volò via.

Il giorno seguente Necci rifece il suo solito giro d'ispezione al cimitero. Come espresso da Abelardo Ripamonti nelle sue ultime volontà, non c'erano stati fiori per lui al funerale, ma aveva richiesto ai figli di non dimenticare mai di portare fiori freschi alla loro mamma, almeno una volta alla settimana.

Quando Necci arrivò alla cappella dei Ripamonti, il corvo era già là. Necci lo riconobbe dal capino spelacchiato e dalle dimensioni ridotte. E poi non si era mai visto nessun altro corvo nell'area del cimitero.

L'uccello si comportò esattamente come il giorno precedente, diede un'occhiatina al Necci, poi saltellò con calma sul gradino, prima di alzarsi in volo e sparire.

Per un'intera settimana, ogni mattina, il corvetto era sempre là, al medesimo posto.

Necci andò apposta al cimitero di pomeriggio, per fare un controllo, ma non riuscì a scovare il corvo da nessuna parte, forse perché la gente si recava a trovare i propri morti più spesso di pomeriggio e il posto era leggermente più frequentato.

Una mattina, meravigliandosi da solo per quello che stava per fare, e senza capirne il perché, Necci si sedette sul gradino della cappella dei Ripamonti e tirò fuori il suo mezzo toscano per fumarselo proprio lì. Quasi immediatamente arrivò il corvo, e rimase vicino a lui. Necci lo fissò, un po' intimidito, e a voce bassa gli sussurrò,

"Buon giorno, Abelardo. La disturbo se fumo qui? Non è per mancanza di rispetto, lei lo sa... Posso?"

Assurdamente Necci non fu per nulla sorpreso quando l'uccello girò la sua testina nera e spennacchiata verso di lui e fece segno di sì.

Talent-show

"Dio mi rispetta quando lavoro, mi ama quando canto."
~ Rabindranath Tagore ~

La fama non illumina necessariamente la vita per sempre. Può farlo per un tempo, magari lungo, ma quest'aurea luminosa è, nella maggioranza dei casi, inesorabilmente temporanea. Tony Flash aveva potuto assaporare l'inebriante sapore della fama per parecchi anni, seppure la sua nomea fosse circoscritta soprattutto all'Italia, il suo paese, e ad alcune repubbliche di quella che era stata un tempo l'Unione Sovietica. Aveva sempre amato la musica e si considerava un discreto musicista. Sapeva suonare diversi strumenti, anche se si era quasi sempre esibito imbracciando la sua fedele chitarra Fender Stratocaster.

A Tony Flash non era mai andato a genio il suo nome d'arte, ma aveva dovuto abituarsi a conviverci e ormai gli sarebbe quasi dispiaciuto cambiarlo, così come uno scolaro, che non va d'accordo con un compagno di classe, può poi sentirne quasi la mancanza, dopo aver cambiato scuola. Ormai era parte di lui. Era nato, come Antonio Panicozzi, il giorno otto del mese di gennaio 1947. Una capricciosa fantasia del destino gli aveva fatto condividere il compleanno—giorno, mese e anno—con David Bowie.

Antonio si era sempre sentito orgoglioso di questa coincidenza, come se rappresentasse un segno distintivo. Non aveva in comune molte altre caratteristiche con il mitico David, che era stato certamente molto più carismatico e, Antonio riconosceva, molto più ricco di talento di quanto lui non fosse. Ma i loro stili musicali potevano rientrare, più o meno, nella stessa categoria.

Quando l'allora giovanissimo Antonio aveva cominciato a muovere i primi passi nel mondo della musica e aveva mostrato di avere un buon potenziale, il suo primo manager aveva decretato che una rock star non poteva assolutamente chiamarsi Antonio Panicozzi. Si trovarono subito d'accordo nel trasformare il banale Antonio in un più esotico Tony. Ma trovare un cognome adatto non fu facile,

"Deve essere breve e facile da ricordare. Deve trasmettere un'impressione di energia, di elettricità, di movimento…" Aveva detto il manager, " Deve splendere come un improvvisa, brillante luce al neon che illumina il palco."

Antonio aveva esitato, "Tony Neon? Non mi sembra che…"

"Macché neon, ragazzo. Fidati della mia esperienza. Sarai Tony Flash!" E così era stato.

Agli inizi degli anni settanta la carriera di Tony decollò rapidamente verso il successo. Iniziò un periodo di fama e soddisfazioni che lo accompagnarono fino alla fine degli anni ottanta. Quasi vent'anni di grande notorietà, denaro, ragazze, ammiratori, concerti, dischi.

Altre stelle apparirono nel firmamento del rock e del pop, nuove stelle con una luce più brillante, o forse solo più rappresentative delle nuove tendenze musicali. Tony Flash dovette affrontare un declino progressivo, che si rifletteva anche nei suoi impegni professionali.

Gli inviti agli show televisivi cominciarono a diradarsi, e il suo manager aveva sempre più difficoltà nel trovargli degli ingaggi, almeno di livello simile a quelli a cui era stato abituato. Tuttavia, parecchie opportunità di lavoro, insignificanti, ma ancora remunerative, aiutarono Tony a far fronte alle sue necessità materiali per parecchi anni.

Era stato sposato un paio di volte, e anche il suo secondo matrimonio si era concluso con un divorzio parecchio mediatico. Entrambe le ex-mogli avevano pretese importanti, e a lui toccava anche di mantenere una figlia, nata da una sfortunata notte da una botta e via. La madre aveva richiesto il test del DNA, che aveva provato come Tony fosse proprio il padre biologico della ragazza, che per altro non aveva mai incontrato, sebbene avesse regolarmente pagato le spese di mantenimento.

Col passare degli anni, la situazione era peggiorata. Fortunatamente la sua prima moglie si era risposata, liberandolo dall'obbligo economico verso di lei. La figlia sconosciuta si era fatta adulta e finanziariamente indipendente. Ma Tony non poteva più contare su guadagni regolari. Era stato obbligato a vendere il suo attico con superattico, assolutamente troppo dispendioso, e a trasferirsi in un appartamento meno pretenzioso. Riceveva ancora i diritti d'autore per alcune delle sue canzoni, ma la sua musica non era trasmessa così spesso come un tempo oramai. Sebbene il suo manager si desse molto da fare, riusciva a trovare per Tony solo offerte professionali di livello quasi miserabile. Era umiliante per il cantante rock che aveva venduto milioni di dischi, ritrovarsi a fare l'ospite alla fiera dell'anguria, o all'inaugurazione di una catena di supermercati.

David Bowie non aveva mai dovuto trovarsi in una tale situazione d'imbarazzo—si diceva Tony—ma David era morto e Tony ancora vivo.

Per tutti questi motivi era stato con un misto di sollievo e orgoglio che aveva accolto la nuova proposta del suo manager, che gli aveva appena telefonato.

"Tony, è la grande occasione per il tuo ritorno. Ti ho procurato un'opportunità fantastica. Televisione nazionale, in prima serata, cachet stratosferico!"

Tony Flash era stato invitato a far parte della giuria che avrebbe deciso il destino di alcuni aspiranti cantanti in un importantissimo talent show. Naturalmente aveva accettato.

Il talent show, intitolato "Chi Sarà la Nuova Star?", era pubblicizzato su tutti i media. Gli altri membri della giuria erano un giovane rapper, una prorompente showgirl dotata di un famoso decolleté, e una nota cantante melodica dalla solidissima carriera.

Il rapper, molto popolare tra gli adolescenti, era un ragazzo emaciato, letteralmente ricoperto di tatuaggi, che lo facevano assomigliare a un foglio di tappezzeria.

La showgirl era tale solo per designazione. Non sapeva cantare, ballava goffamente, e sembrava essere priva di ogni qualità artistica, ma possedeva una folgorante e appariscente bellezza (anche se sicuramente aiutata dall'eccellente lavoro di un buon chirurgo plastico). Inoltre era la più o meno segreta ragazza di un politico molto importante.

La cantante melodica, Tamara Gaioni, era una brava e seria professionista, anche se il suo stile musicale, la canzone italiana classica, cominciava a diventare obsoleto. Era adorata da anziane casalinghe e pensionati.

Il manager di Tony gli aveva spiegato che era stato scelto perché in giuria c'era bisogno di un autentico musicista. Nessun altro artista con le qualità richieste aveva accettato, perché lo show richiedeva un impegno a lungo termine, e nessuno era libero per un periodo superiore a qualche settimana. Prima delle puntate televisive in diretta, sarebbe stato necessario selezionare tutti gli aspiranti concorrenti in numerose audizioni in giro per l'Italia. Tony avrebbe avuto il ruolo dell'esperto musicale, insieme alla Gaioni; il rapper avrebbe valutato l'originalità delle esibizioni e la showgirl avrebbe dato pareri sul look e sulla presenza scenica.

La giuria aveva esaminato un enorme numero di aspiranti candidati. Molti giovani, quando avevano sentito il nome di Tony Flash si erano chiesti chi accidenti fosse. Altri, un po' meno giovani, erano rimasti sorpresi, "Tony Flash? Ah sì, quel Tony Flash…Ma è ancora vivo? Quanti anni avrà? Ottanta?"

Tony aveva settantatré anni e, onestamente, portava bene la sua età. Aveva ancora tutti i suoi capelli, non era quasi ingrassato, e la sua voce non aveva cambiato timbro.

Le audizioni non erano trasmesse in diretta televisiva, naturalmente. Erano tutte registrate, così i produttori dello show potevano selezionare quelle più interessanti o divertenti e comporre un collage da presentare in apertura di ogni puntata 'live' del programma.

Tony Flash era stupefatto dalla quantità di concorrenti che si presentavano, sperando di essere scelti per lo show. Gente di tutte le età—sebbene i giovani fossero la maggioranza—si affollava per ore tra le transenne che delimitavano l'accesso all'area del teatro per le audizioni. Gli aspiranti cantanti dovevano cantare "a cappella" qualunque canzone avessero preparato, ma la giuria poteva interrompere la loro esibizione in qualsiasi momento. Effettivamente alla stragrande maggioranza non veniva concessa più di una manciata di secondi per cantare, poiché era immediatamente evidente che erano talmente negati per la musica, che sarebbe stato inutile farli continuare in quella agonia auditiva.

Il campionario di cantanti amatoriali era assolutamente eterogeneo, ma i più avevano in comune il fatto di essere irrimediabilmente stonati. Molti cercavano di compensare la loro obiettiva mancanza di talento musicale con quello che avevano pensato essere un'impressionante e originalissimo look.

Il secondo giorno delle audizioni per l'Italia centrale era stato particolarmente faticoso per i quattro membri della giuria. Era un giorno estivo molto afoso, e persino il condizionatore regolato al massimo non riusciva a impedire che tutti sudassero pietosamente.

"Sto sudato come un maiale." Si lamentava il rapper, sventolandosi la faccia tatuata col cappellino da baseball. Tony, intontito dal caldo e dalla fatica, aveva l'impressione di vedere il colore dei tatuaggi sciogliersi e colare lungo il collo del giovanotto. Ma era certo, o almeno sperava, che si trattasse di un'allucinazione. Quello che di certo non era frutto di allucinazione era il drammatico disfacimento del trucco sul viso di Tamara Gaioni. Dopo ore di audizioni, le sue guance, non più giovanissime, assomigliavano in qualche modo a rocce rossastre solcate da profonde linee, dove il suo fondotinta troppo scuro si infiltrava come il fiume Colorado nel più iconico dei canyon.

Martina Canale, la showgirl, protetta dalla sua giovinezza e abituata a passare lunghe ore chiusa in un solarium, sembrava quella più in grado di sopportare la sgradevole situazione, sebbene le sue labbra, artificialmente rimpolpate, fossero passate dal consueto sorrisetto seducente a un leggero ansito.

Tony Flash non osava pensare a come poteva apparire lui in quel momento. Sentiva di avere la camicia incollata alla schiena per il sudore. L'aria era pesante nel piccolo teatro, e lui sperava di non essere la fonte dell'odore di traspirazione, non certo gradevole, che si stava facendo sempre più percepibile.

"Quanti ne dobbiamo ancora sentire?" Tamara Gaioni emise una specie di rantolo.

Tony provò un'empatica ondata di comprensione per lei; era stata una maratona da incubo. Da un'autentica folla, erano stati in grado di selezionare solo quindici concorrenti, che erano capaci di cantare in modo discreto. Ma ce n'erano ancora molti altri da visionare, che stavano aspettando.

I membri della giuria erano stati obbligati ad assistere ai più inimmaginabili esempi di stravaganza. In molti casi era aldilà di ogni immaginazione riuscire a capire che cosa avesse spinto persone, che probabilmente avevano una vita normale, un lavoro e una famiglia, a rendersi assurdamente ridicoli, sperando di ottenere una notorietà, anche se totalmente effimera.

Una signora di mezza età, notevolmente sovrappeso, si era presentata alla selezione vestita come una bambola ottocentesca, con un parasole di pizzo, e aveva tentato di cantare " Strangers in the Night". I giudici non erano riusciti a reggere lo strazio per più di venti secondi e avevano interrotto l'infelice performance, con gran delusone della bambolona.

Un uomo si era presentato come il Tarzan romano. Indossava una pelliccia sintetica di tigre, e aveva tentato di impressionare la giuria strillando e saltellando sul piccolo palcoscenico. Persino il rapper ne era stato intimorito.

Poi c'era tutta l'insopportabile serie degli imitatori e dei presunti sosia. Poveretti che si erano vestiti come Michael Jackson, Elton John o Madonna, senza avere la benché minima somiglianza con nessuno di loro, sia vocalmente, sia fisicamente.

Seguivano i casi umani; ragazze che raccontavano le loro vite sciagurate, come se servissero a compensare la loro totale mancanza di talento musicale.

Tony Flash allungò la mano per prendere una bottiglietta di acqua minerale. L'acqua era tiepida e lo fece sentire ancora più assetato.

"Pazienza, ragazzi, coraggio." Cercò di rincuorare i colleghi della giuria. "Abbiamo solo un'altra dozzina di poveracci da ascoltare, e poi per oggi abbiamo finito."

E il candidato successivo fece il suo ingresso.

Era un uomo molto alto, magrissimo, sulla cinquantina. Gli occhi miopi, dietro le lenti spesse di un paio di occhiali dalla montatura pesante e scura, gli conferivano un'aria vagamente intellettuale. Indossava assurdamente un saio francescano, un po' corto per la sua statura. Le sue caviglie nude sporgevano dal fondo del ruvido tessuto marrone. I suoi piedi, di dimensioni notevoli, calzavano sandali di cuoio, piuttosto malconci.

I quattro esausti membri della giuria si scambiarono sguardi ironici e stanchi.

"Oh cielo—pensavano—ecco un altro matto, che pensa sia originale presentarsi a un'audizione camuffato in modo tanto ridicolo."

Tony Flash si sforzò di essere calmo e cortese.

"Buongiorno, potrebbe dirci il suo nome?"

"Oh, sì, certo. Sono Guido Murola, e vengo da Arezzo. Uhm, beh, non proprio da Arezzo città, ma da…"

Tamara Gaioni interruppe l'uomo, forse troppo bruscamente,

"Non è importante adesso. Lei è qui per cantare, vero? Allora ci faccia sentire quello che ha preparato per l'audizione. Casomai della sua biografia parleremo dopo."

L'uomo sorrise mitemente, e poi raddrizzò gli occhiali pesanti, che gli erano un po' scivolati sul naso.

"Non sapevo bene che cosa fosse meglio preparare per l'audizione. Sono un povero dilettante e non ho un repertorio molto moderno. Mi scuso in anticipo per la mia cattiva pronuncia in inglese. Canterò per voi 'The Sound of Silence', ma se non va bene, conosco tante altre canzoni e…"

Tony Flash era seccato. Gli era sempre piaciuta quella canzone di Simon & Garfunkel, sebbene non assomigliasse al suo stile. Si disse che non ce l'avrebbe fatta a sentirla massacrare da quel fesso vestito da frate. L'agonia doveva durare il meno possibile. Con un gesto imperativo invitò l'aspirante cantante a cominciare.

E fu in quel secondo che il miracolo ebbe inizio. Fin dalle prime note fu subito chiaro che l'uomo non aveva soltanto talento, ma era stato proprio baciato dagli dei della musica. La sua voce si levò senza apparente sforzo fino al sommo di ogni nota della canzone. Era un tenore naturale, ma c'era anche qualcosa di più moderno, di più personale nella sua esibizione. Evitò ogni asperità vocale nel finale, ma lasciò che il canto terminasse naturalmente in un sospiro.

I quattro giudici lo lasciarono lì in silenzio, troppo turbati per reagire. Tamara Gaioni aveva gli occhi colmi di lacrime per l'emozione. Il rapper tremava come un bambino perduto in una caverna magica, piena di luce. La showgirl sospirava in estasi, "Ancora, per favore!"

Tony Flash era commosso. Non solo avevano appena scoperto un nuovo talento, ma si trattava anche di uno dei migliori cantanti che si fossero mai esibiti al mondo.

"Magnifico, davvero magnifico Guido. Ci vorrebbe cantare qualcos'altro? Forse in un altro stile musicale, se l'ha preparato."

"Potrei cantarvi qualcosa di classico, operistico, se vi piace."

E senza esitare intonò 'E lucevan le stelle', dalla 'Tosca' di Giacomo Puccini. La romanza che è cantata, nel terzo atto, dal pittore Mario Cavaradossi, che ricorda i bei momenti di passione con la sua innamorata, Tosca, mentre sta per essere fucilato a Castel Sant'Angelo.

Davanti alla giuria affascinata, l'uomo magrissimo, mascherato da monaco, scomparve; egli diventò Mario Cavaradossi. La sua tragedia fu reale nel magico mistero del canto perfetto e assoluto.

Quando la romanza finì, mentre l'ultima, splendida nota ancora vibrava nell'aria, Tony Flash, il rocker, si rese conto che stava piangendo, e non fu sorpreso di vedere che anche il giovane rapper era commosso. Tutti avrebbero trascorso ore ascoltando quell'artista sublime.

Tony si sforzò di tornare alla realtà.

"Guido, lei è il cantante migliore che io abbai mai ascoltato in vita mia. Lei è un portento, prodigioso. Ci dica qualcosa di più su di lei. Com'è possibile che il suo incredibile talento non sia stato scoperto fino ad oggi? Si è già esibito in pubblico molte volte? Che lavoro fa? Di sicuro lei è un musicista professionale..."

Guido, come molti uomini di alta statura, tendeva a stare un po' curvo. Sembrava a disagio, come se lo avessero scambiato per qualcun altro.

"Grazie, grazie tanto, siete troppo gentili. Ho sempre amato la musica, ma non sono un musicista, sono un cuoco."

"Guido, devo farle assolutamente questa domanda." Tony Flash era perplesso. "Lei è senza dubbio il cantante di maggiore talento che io abbia mai ascoltato. Mi chiedo che bisogno aveva di venire a partecipare alle audizioni per un talent show, quando potrebbe avere immediatamente successo a livelli più alti. Ma più di tutto non riesco a capire che bisogno aveva di presentarsi all'audizione conciato in un modo tanto assurdo. Non aveva certo la necessità di fare colpo su di noi in questo modo. La sua voce bastava per suscitare la nostra ammirazione."

"Conciato in modo assurdo? Mi scusi, non capisco…"

"Ma su, Guido! Questa tonaca da frate francescano! Ma Perché? Forse qualcuno le ha suggerito di vestirsi in modo fuori dell'ordinario, ma davvero non ha senso…"

"Ah, il saio, dice." Guido sorrise con calma. "Ma non è un travestimento. È il mio vestito normale. Io sono un frate francescano. Sono il cuoco del piccolo monastero di Pieve di Socana, vicino a Castel Focognano, in provincia di Arezzo. Forse avrei dovuto venire con abiti laici, ma non ne ho. Vede, il nostro monastero non è ricco."

Il rapper fu il primo a reagire, e gridò con entusiasmo,

"Bella zio! Che figata! Un vero frate. Scommetto che sai anche rappare!"

Gli altri tre stavano ascoltando in religioso—può suonare come un gioco di parole—silenzio.

"Se lei mi spiega quello che vuol dire rappare, posso provare a imparare anche quella canzone che dice lei." Guido sembrava ansioso di soddisfare le richieste del suo pubblico.

"Beh, magari ne riparliamo dopo." Tony Flash, nel suo ruolo di presidente della giuria, intervenne. "Non penso che lei intenda lasciare il monastero e la vita religiosa per iniziare una carriera nel mondo dello spettacolo alla sua età. Lo sto dicendo con grande rispetto, perché lei è di sicuro più giovane di me, e…"

"Oh, io sono vecchio, ho sessantadue anni. Naturalmente non ho mai pensato per un secondo di lasciare i miei fratelli e il monastero…"

"Ma se è così, perché cazzo ha deciso di partecipare alle audizioni per il talent show?" La showgirl si era ripresa dal suo shock emozionale e fissava sfrontatamente il frate, che le sembrava decrepito, come se fosse il personaggio di una favola.

Guido cercò di mascherare il disagio provato nel sentire un'espressione tanto rude uscire dalla bocca di quella bella signorina; si dondolò leggermente sui suoi sandali. Dietro le spesse lenti degli occhiali i suoi occhi scintillavano con innocenza; erano di un blu profondo.

"È stato a causa del tetto, vede, signorina. Il tetto del refettorio. L'acqua ci passa a traverso, quando piove; abbiamo cercato di ripararlo, ma le travi sono molto vecchie e alcune dovrebbero essere sostituite. Oltre a ciò, parecchie tegole sono rotte.

Naturalmente il lavoro di riparazione possiamo farcelo da noi, anche se ci vorrebbe tempo. Neanche gli altri fratelli sono giovani. Il più giovane è Giacinto, ma lui è un'anima semplice…" S'interruppe, come perso nei suoi pensieri; la sua faccia sembrava irradiare affetto.

"Giacinto è cresciuto con me, sapete. È forte e molto agile e sicuramente riuscirebbe a fare un gran bel lavoro sul tetto, ma ha bisogno di avere qualcuno di noi vicino, per incoraggiarlo e guidarlo."

Tamara Gaioni non era ben sicura di capire il nesso tra il tetto del refettorio di un piccolo monastero chissà dove e il loro show televisivo, ma di sicuro voleva saperne di più. Sventolò la mano ingioiellata per invitare il frate a essere più chiaro,

"Mi dispiace davvero che abbiate dei problemi al monastero, ma ancora non capisco perché lei sia sbarcato qua…Perché ha deciso di partecipare ad un Talent, se non le interessa iniziare una carriera di cantante?"

Tony Flash, al contrario, aveva già capito tutto e rispose al posto di Fra Guido.

"Avete bisogno di soldi per comprare il materiale per riparare il tetto, vero? Ma come ha saputo di questo show? Credo che non guardiate troppo la televisione."

Il frate rise, come se gli avessero fatto una battuta divertente.

"Ha proprio ragione. Non guardiamo la televisione. Forse lo faremmo, se ne avessimo una." Aggiunse senza né rimpianto, né orgoglio, solo per informare. "Ma abbiamo la radio e anche la linea telefonica."

Poi capì dagli sguardi perplessi di quelli che aveva davanti, che la sua spiegazione non era stata sufficiente.

"Ho sentito parlare di questo Talent Show al mercato di Capacciano. Ci vado un paio di volte al mese, per comprare le poche cose che non produciamo noi. Quasi tutto quello che mangiamo viene dal nostro orto, poi abbiamo le galline, i conigli, due capre. Ma ci servono farina, zucchero, sale e altre cose. Inoltre io vendo anche i nostri prodotti al mercato. Guadagniamo abbastanza per tutte le nostre necessità. Ma, purtroppo, non è abbastanza da restaurare il monastero. Qualcuno mi ha detto che avrei dovuto partecipare alle selezioni di questo vostro show, perché canto benino. Lo so che volevano scherzare, ma poi ci ho riflettuto e mi è sembrato che potesse essere una soluzione, quando ho saputo che c'erano premi per i migliori. Non mi aspettavo di essere accettato, ma credo nella Divina Provvidenza. Forse il Signore mi ha dato una bella voce proprio per questo scopo. Quando ho saputo che si organizzavano i provini a Roma, ho pensato che fosse un altro segno della benevolenza divina. Roma non era troppo lontano, e potevo arrivarci in moto. Poi mi potevano ospitare per la notte in un convento di confratelli francescani...ci sarebbe stato da pagare solo la benzina per la moto."

I tecnici, i cameramen e gli assistenti di studio, che erano stati presenti all'intera scena, erano anche loro commossi e sbalorditi. Nessuno aveva detto una parola, ma adesso il primo cameraman, che aveva alche il ruolo di regista per quella noiosa e lunga serie di filmati di audizioni, decise di spegnere le telecamere.

"Sta diventando tardi. Penso che possiamo interrompere e riprendere nel pomeriggio, dopo pranzo."

Tutti furono immediatamente d'accordo, sollevati. L'assistente di studio andò ad avvertire gli altri aspiranti concorrenti che le audizioni erano temporaneamente sospese e che sarebbero riprese alle quattro del pomeriggio.

Tony Flash si rivolse a Fra Guido, che era rimasto lì, davanti al tavolo della giuria, senza sapere che altro fare.

"Dobbiamo parlare, Fra Guido—penso che lei preferisca farsi chiamare così, piuttosto che signor Murola—io riesco appena a immaginare che lei sia arrivato da Arezzo su una motocicletta, vestito da frate francescano, ma dopo averla sentita cantare, posso credere a qualsiasi cosa."

"Oh, ma avevo il casco! La mia moto è vecchia, ma sono un bravo meccanico e la tengo in ottime condizioni."

Il giovane rapper fissava il frate come un piccolo pitone avrebbe fissato un incantatore di serpenti.

"Stratosferico! Tu sei fantastico zio, troppo figo! Un vecchio frate, in moto, che canta da dio. Ti amo!"

"Anch'io ti amo. Ma temo che non sia niente di speciale, perché io amo tutti, sai. È una delle mie regole morali." Fra Guido ammiccò per far capire che lui era magari ignorante e ingenuo ma stupido no.

"È pure spiritoso! Oh, se cambi idea, fratello, e decidi di farti un bel tour con me l'anno prossimo, spacchiamo." Il rapper sembrava eccitatissimo. "Ma adesso la cosa importante e trovare una soluzione ai tuoi problemi." Lancio un'occhiata in tralice a Tony Flash, che era seduto di fianco a lui.

"Che ne dici, Tony? È dannatamente chiaro che il nostro amico qui non è fatto per il mondo show-biz. Non vogliamo mica usarlo come un osso saporito da tirare ai cani affamati dei media. Lo distruggerebbe insieme alla serenità del monastero. Ma niente ci impedisce di aiutarlo."

Tony Flash annuì e chiese al frate,

"Fratel Guido, di quanto avete bisogno per comprare il materiale necessario a riparare il tetto?"

"Eh, è carissimo, temo. Abbiamo bisogno di almeno ottomila euro. Lei pensa che io abbia almeno qualche speranza di vincere qualcosa col talent? Lei mi ha detto che sono un buon cantante..." Il frate cominciava a sentirsi un po' confuso. Forse la sua idea non era stata tanto buona, e si stava chiedendo se i soldi per la benzina non fossero stati un inutile spreco.

"Senta, Fra Guido, vorrebbe essere tanto gentile da aspettarci per un pochino nei nostri camerini? Piero, l'assistente di studio lo accompagnerà. Per favore, nel frattempo non parli con nessuno che dovesse incontrare. La raggiungeremo presto."

Una volta che il frate fu uscito, Tony si rivolse con tono serio a tutti i presenti.

"Ritengo che non una sola parola su quello che è successo qui con Fratel Guido debba lasciare questa stanza. Quel pover'uomo non merita di diventare involontario protagonista di show televisivi di nessun genere,"

Tutti, tecnici e cameramen compresi, furono d'accordo, annuendo come scolaretti seri. Una strana atmosfera era calata sul piccolo teatro delle audizioni.

"Io gli darò tremila euro. È tutto il contante che ho con me." Il rapper aveva abbandonato il suo tono di voce abituale e persino i tatuaggi sembravano essere di colori meno aggressivi. Gli piaceva andare in giro con manciate di contanti in tasca, che esibiva con arroganza in quella che lui riteneva una forma di trasgressione.

"Io non ho altrettanto contante. Ma c'è un bancomat fuori dal teatro. L'ho visto. Adesso vado a ritirare tremila euro. Ci sto anch'io." Tamara Gaioni non sentiva quasi più il caldo. Si sentiva bene.

"Ben detto, Tamara, " disse Tony, " Farò la stessa cosa. I soldi sono soldi, e non posso negare che ho avuto momenti economicamente difficili, ma adesso il cachet per questo show e più che generoso. Tremila euro sono pochi per aiutare un grandissimo artista, anche se lui non sa di esserlo. Gli artisti veri si dovrebbero sempre dare una mano tra loro. Purtroppo non è sempre il caso…"

Adesso tutti gli occhi erano puntati su Martina Canale, la showgirl, che sembrava essersi ripresa dalle emozioni per l'esibizione canora stupefacente e che, al momento, pensava solo a raggiungere al più presto il suo ragazzo—sebbene fosse un po' ridicolo definire 'ragazzo' un politico cinquantaseienne—che la stava aspettando per portarla a pranzo in un ristorantino chic.

"Beh, il frate ha parlato di ottomila euro e voi ne avete già messi insieme novemila per lui, dunque…"

"Tu, avida puttanella!" Tamara Gaioni lasciò esplodere la rabbia. Non riusciva a sopportare la giovane showgirl, che non aveva il minimo talento, ma appariva in tutti gli show televisivi, molto più spesso di lei, che non era più bella e famosa come al tempo in cui era al culmine della carriera.

"Tu, brutta sgualdrina piena di silicone. Con le tue tette che sembrano palloncini. Solo la tua borsetta Birkin costa molto più di tremila euro. Senza parlare delle tue scarpette Manolo Blahnik, che, a proposito, proprio non vanno col resto della tua mise…"

Martina mise su il broncio, sforzandosi di trovare una risposta sarcastica, ma riuscì solo a brontolare.

"Ma sono regali che ho ricevuto dal mio Fuffy…" Senza rendersi conto in che abissi di ridicolo stava sprofondando, nel chiamare il suo maturo amante in quel modo, un uomo che era conosciuto come Pier Fulvio Mantegani, il leader del partito politico al governo.

"Bene, allora diglielo a Fuffy," e l'intrepido rapper sogghignò, sentendosi spalleggiato dagli altri, "Di farti un altro regalino, solo tremila euro in contanti, e aggiungili al nostro fondo pro Guido. Altrimenti potrei ricordarmi che, durante uno dei miei concerti, ti ho vista dietro al palco, impegnata a sniffare qualcosa di bianco insieme al mio chitarrista, che in quel momento, non usava le mani per suonare la chitarra, visto che le teneva dentro alle tue mutande."

"Ohhh, non oserai mica..." Martina arrossì, nessuna poteva dire se di rabbia o di vergogna.

"Ma certo che posso osare e lo farò!" Il rapper sembrava perfino più alto.

"Fottiti!" Martina sospirò e tirò fuori dalla sua borsa Birkin di Hermes un elegantissimo portafoglio, e contò tremila euro in banconote, che poggiò con disdegno sul piano del tavolo, spingendole verso il rapper con la punta delle dita.

"Fuffy me li aveva dati per fare un po' di shopping. Preferisce non usare carte di credito, possono essere tracciate e..."

"Noi ce ne sbattiamo le palle dei vostri maneggi." Aggiunse Tamara, rivolgendole un sorriso di scherno. "Immagino non ti serva una ricevuta."

Furiosa la showgirl se ne andò con un'ultima frase in tono tagliente:

"Sarò di ritorno alle quattro in punto, perché io sono una professionista seria."

Il primo cameraman alzò la mano, come uno scolaretto che chiedeva un permesso, senza rivolgersi a nessuno in particolare.

"Farebbe piacere anche a noi offrire un contributo. È stato un vero privilegio poter assistere alla straordinaria esibizione di Fratel Guido, e la sua storia ci ha commosso."

Pochi minuti dopo Tony Flash raggiunse Fra Guido, che aveva pazientemente atteso nel camerino, come gli era stato chiesto.

"Francesco, il ragazzo che fa rap, Tamara Gaioni ed io stiamo per andare a pranzo e ci farebbe tanto piacere se lei si unisse a noi, come nostro ospite, naturalmente. Abbiamo delle buone notizie per lei, e saremo felici di comunicargliele mentre ci gustiamo qualche buon piatto. Lei fa il cuoco, e sono sicuro che saprà apprezzare,"

Fratel Guido congiunse le mani, come in preghiera, e fece un impercettibile inchino.

"Buone notizie? Il Signore vi benedica tutti. Sono tanto grato per il vostro invito. Solo mi dispiace di non poterlo condividere con i mei confratelli. " Poi aggiunse, quasi con timidezza, "Sa, noi siamo abituati a dividere tutto…"

Mentre quell'apparentemente male assortito quartetto, formato da un vecchio rocker, un famoso rapper ultra-tatuato, una matura cantante melodica, e un allampanato frate francescano di mezza età, stava aspettando l'arrivo dell'auto con chauffeur, messa a loro disposizione dalla produzione, davanti all'uscita per gli artisti, Tony Flash, la rock star, strizzò l'occhio al frate.

"Ma poi canterà ancora una volta, solo per noi, vero? Mi chiedo se per caso conosce qualche canzone di un famoso cantante inglese, purtroppo morto da poco, che si chiamava David Bowie... Anche se non mi aspetto che lei abbia molta famigliarità con la musica rock."

"Ma le ho detto che possediamo un apparecchio radio! Non viviamo mica fuori dal mondo!"

E spalancando le lunghe braccia magre, come un uccello pronto ad alzarsi in volo, Fra Guido cominciò a cantare senza sforzo alcuno, con quella sua straordinaria voce, ricca di colori così belli che non si possono descrivere.

"This is Ground Control to Major Tom
You've really made the grade
And the papers want to know whose shirts you wear
Now it's time to leave the capsule if you dare

This is Major Tom to Ground Control
I'm stepping through the door
And I'm floating in a most peculiar way
And the stars look very different today"[1]

L'autista della macchina di servizio arrivò in quel preciso momento, parcheggiò lungo il marciapiede e aprì le portiere per far accomodare

---

[1] "Space Oddity" di David Bowie (1969)

i clienti. Ma si bloccò di colpo, come folgorato, e subito fu catturato anche lui, come gli altri dall'ammirazione. Tutto il resto scompariva, per lasciare solo posto al canto, che fluiva verso il cielo, come un profumo portato dal vento.

I Pomeriggi di Irina

"Rubare la moglie a uno stupido è come rubare granelli di sabbia su una spiaggia deserta."
~ Ovidio ~

Ecco qua. Questo sono io. Per favore guardate questa foto. È la foto ufficiale del coro amatoriale di Capacciano. Io sono quello nella fila dietro. Non potete sbagliarvi. Sono il più alto. Non passo mai inosservato, anche se sono un uomo molto riservato per natura. Ma non ho mica colpa io per le mie dimensioni, che mi fanno per forza notare. Lo so, lo so, sono alto due metri, anzi, per la precisione due metri e cinque centimetri. Non abbastanza da definirmi proprio un gigante, ma… insomma, sapete, ormai ci ho fatto l'abitudine. Sono sempre svettato sopra tutti gli altri, da quando ero bambino. Non sono grasso, sono in ottima forma; ma anche i muscoli hanno il loro peso. Sono alto, pesante e forte, molto forte; il che non è un male per la mia professione.

Oh, ma non mi sono ancora presentato per bene. Mi chiamo Massimo Verini, ho trent'anni, e lavoro con mio padre nella macelleria di famiglia. Non lo dico per vantarmi, ma la nostra macelleria è una delle migliori dell'intera provincia di Arezzo.

È stata l'attività di famiglia da generazioni. Mio nonno ancora passa in negozio, anche se è in pensione oramai. Il nostro è un lavoro pesante dal punto di vista fisico, sapete, una giornata di lavoro è fatta per noi di almeno dodici ore. Ma non voglio annoiarvi con tutti questi particolari irrilevanti.

Vi pregherei solo di dare un'occhiata anche a quest'altra foto. Vedete, ci sono io dietro il bancone del negozio; mio padre è di fianco a me. Anche lui è un bell'omone, pure se sembra basso e sottile paragonato a me. Capirete perché sono tanto orgoglioso della nostra macelleria. È un bel negozio, ordinatissimo e ben sistemato, direi quasi elegante. L'edificio dove è sita la nostra macelleria è stato costruito tanti secoli fa; è uno dei più antichi del paese, noi l'abbiamo fatto restaurare per benino, conservando l'eleganza delle architetture che lo rendono unico. Io vivo in un alloggio, sopra al negozio; i miei genitori e i nonni invece in una villetta, qua vicino.

A questo punto dovreste essere già un po' più in confidenza con me. Avete di sicuro capito che sono felice della mia vita. Ho un bellissimo rapporto con la mia famiglia (sono figlio unico), mi piace il mio lavoro, ho una buonissima salute, un buon carattere e, nel mio tempo libero, canto nel coro del paese. Lo so, avete già indovinato canto da basso. I cantanti alti e robusti hanno di solito una voce da basso. Si potrebbe scherzare sul fatto che uno alto, canta da basso. Mi interessa l'origine delle parole, delle espressioni idiomatiche. Non sono proprio ignorante. Cosa? Vi stupisce che un macellaio s'interessi di semantica? E perché non dovrebbe? Dovremmo tutti imparare a sbarazzarci di certi stereotipi, non è vero?

Mi scuso per aver divagato troppo. Ma vorrei approfittare della vostra pazienza per mostrarvi ancora una foto, la più importante. Vi permetterà di capire per bene perché mi considero baciato dalla dea della fortuna. Guardare questa foto mi fa sempre commuovere; è quella che preferisco tra tutte le foto scattate al mio matrimonio. È stato proprio un anno fa.

Come potete notare, io ho l'aria imbranata; tutti gli sposi hanno sempre un aspetto imbarazzato e quasi fuori posto, ad un certo punto, durante la celebrazione del matrimonio. Il mio caso era ancora peggiore, perché io sono così ingombrante; ho una taglia imponente e, anche se avevo scelto il più sobrio dei completi grigi, senza niente di troppo fantasioso che mi facesse troppo notare, uhm…io occupo molto spazio. Ma vi chiedo, come favore personale, di fare astrazione e far finta di non notarmi; dopo tutto non sono importante. Guardate solo lei, la mia sposa meravigliosamente affascinante e, come succede a tutti quanti, sarete abbagliati dalla sua bellezza che non vi farà vedere null'altro che lei. Tutto il resto, me compreso, svanirà come totalmente insignificante.

Lo so, è appena accaduto anche a voi. Com'è giusto che sia, avete occhi solo per lei. È Irina, mia moglie; la sua bellezza, di assoluta purezza e perfezione, toglie il fiato; non esiste nulla che si possa paragonare a lei. Irina è come la musica, che si alza perfettamente nell'aria, colmando ogni anima di grazia.

Posso indovinare quello che state pensando, vi chiedete come mai questa creatura sublime, un'autentica dea, abbia acconsentito a sposare proprio me, un banale macellaio di un paesino toscano, che lavora tutto il tempo e non ha nulla di straordinario, a parte le dimensioni del suo corpaccione. Non saprei bene come rispondervi. Penso che ci sia un pizzico di magia nella vita, e questo permette che accadano cose speciali, così…da sole, un po' come dei fiori bellissimi che crescono a casaccio tra le rocce.

Ma adesso devo fare un passo indietro e raccontarvi come ho conosciuto Irina.

È stato due anni fa. Stavo tornando a casa dopo una simpatica serata passata con degli amici; una sera come tante altre. Era d'estate, e la giornata era stata caldissima, come capita sempre qui da noi, Ma le notti sono gradevoli; fa quasi fresco e il cielo sembra fatto di una pezza di velluto scuro con tanti buchini scintillanti. Stavo guidando senza fretta e di colpo mi venne voglia di fermarmi, svoltando dentro una stradina di campagna, per godermi il silenzio della notte. Quel momento di pace, colmo di belle sensazioni, fu interrotto bruscamente dall'arrivo di un'altra auto, che andava abbastanza veloce. Poi si arrestò di colpo, non lontano da me. Penso che nessuno potesse vedermi, nell'oscurità; al massimo avrebbero preso il mio profilo per quello di un grosso cespuglio. La portiera dell'auto si spalancò e una figuretta femminile ne sbucò fuori e cadde per terra come una bambola di pezza, mentre due uomini, il guidatore e un altro passeggero, si lanciarono su di lei. Tutti presero a urlare in una lingua sconosciuta, ma dal loro tono era facile capire che si trattava di un violento litigio che presto si trasformò in una lotta. La donna cercava di svincolarsi dalla stretta crudele di uno degli uomini, ma non riusciva a liberarsi. L'altro uomo la prese per i capelli e la colpì ferocemente con un pugno in piena faccia. Avevo già visto abbastanza. Mi precipitai fuori dal riparo dell'ombra e bloccai quell'individuo disgustoso prendendolo alle spalle. Vi ho già detto che sono molto forte. Non si tratta di una stupida vanteria sono davvero MOLTO forte, anche se di solito sono uno calmo e detesto la violenza. Forse esagerai un pochino con quei due delinquenti, ma non potevo mica tollerare di vedere una donna massacrata a pugni. Vi risparmio i dettagli più cruenti. Posso solo dirvi che quei tizi non erano in buone condizioni quando riuscirono a rifugiarsi nella loro macchina. Non so se fossero in grado di capire quello che dissi loro, ma li minacciai di cose peggiori, se mai si fossero fatti rivedere in zona.

Misero in moto e se ne andarono,

A quel punto andai a prendermi cura della ragazza. Singhiozzava senza rumore, come se non volesse farsi notare. La sua faccia era una maschera di sangue. Cercò di mettersi in piedi, ma non ci riuscì. La presi in braccio. Sembrava non pesare nulla. Non sapevo cosa fare. La feci sedere nella mia auto e cercai di pulirle un po' il viso con dei fazzolettini di carta. Le ripetei che adesso non correva più pericolo. Non sapevo come meglio rassicurarla o confortarla. Mi auguravo che potesse capire l'italiano. Gli occhi le si stavano gonfiando rapidamente e non riusciva quasi più a tenerli aperti. Finalmente articolò qualche parola, con fatica:

"Grazie…"

Le dissi che tutto sarebbe andato bene e che l'avrei accompagnata in ospedale. Poi avremmo fatto denuncia alla polizia, e…

Ma lei alzò una mano, come per difendersi, e mormorò con voce angosciata,

"No, per piacere, niente polizia, niente ospedale…ti prego."

Che altro avrei potuto fare? Me la portai a casa. L'avevano picchiata, presa a pugni, ma mi sembrava che non soffrisse di emorragie interne. L'aiutai a darsi una ripulita; le diedi una mia maglietta pulita, che, una volta indossata, le arrivava quasi alle caviglie, e medicai le ferite che aveva in faccia e sulle braccia.

Le preparai una tisana, ma quando ritornai dalla cucina con la tazza fumante, la trovai addormentata sul divano dove l'avevo deposta. La coprii con un plaid e mi sedetti in poltrona, per vegliare su di lei. Fu la prima notte che passammo assieme, Non conoscevo ancora il suo nome.

La mattina seguente telefonai a mio padre e gli dissi in breve quello che era successo, e gli spiegai che non potevo scendere in negozio. Mio padre, ve l'ho già detto, è un uomo molto speciale. Non mi chiese nient'altro e mi disse di non preoccuparmi.

La ragazza si era svegliata. La sua faccia, coperta di lividi, stava cambiando colore, ma nonostante questo la sua perfetta bellezza era già percepibile.

Mi disse che si chiamava Irina e che era ucraina. Era stata imbrogliata da un compatriota che le aveva promesso un lavoro onesto in Italia. Lei era certa che sarebbe stata assunta come commessa, poiché aveva fatto buoni studi e sapeva parlare quattro lingue in modo perfetto.

Avete già indovinato quello che invece era successo. Quando Irina aveva capito che era destinata alla prostituzione, riuscì a trovare un modo per scappare. Non aveva né soldi, né documenti. La riacchiapparono subito e ricevette una dura "punizione", che avrebbe dovuto insegnarle a essere docile e rassegnata.

Irina non si era arresa; tentò in ogni modo di lottare contro i suoi rapitori e colpì sulla testa il guidatore con tutte le sue forze, obbligandolo a fermare l'auto. Poi lei cercò di scappare, alla cieca. A quel punto, per fortuna, ci fui io a intervenire.

Irina non era arrivata in Italia in modo legale, dunque m'implorò di non portarla alla polizia. Forse vi sarà difficile credermi, ma per istinto sono sempre stato capace di capire se una persona è per bene o no, ed ebbi subito la sensazione che Irina fosse una brava ragazza.

Per non dilungarmi troppo, aggiungerò solamente che spiegai tutta la situazione ai miei genitori e loro furono d'accordo. Decidemmo di aiutare Irina. Ci volle parecchio tempo; non vi potete immaginare quanto sia complicato e lungo seguire tutta la procedura burocratica. Dopo alcuni mesi, Irina, che era stata regolarmente assunta nella nostra macelleria, ricevette un permesso di soggiorno per l'Italia.

Da principio avevamo pensato di farla stare alla cassa, in negozio, e di impiegarla anche come aiuto-commessa, ma la sua straordinaria bellezza suscitava troppi commenti, e Irina si sentiva a disagio. Magari è difficile da capire, ma Irina è molto schiva e umile, e non fa nulla per mettere ancor più in risalto il suo naturale splendore. Poi, per caso, ci accorgemmo che Irina, che aveva anche ottenuto una laurea nel suo paese, aveva un vero dono per l'amministrazione, e le abbiamo affidato la contabilità della macelleria. I risultati furono superiori a ogni attesa.

Sarete curiosi di sapere, dove ha vissuto Irina nel periodo di cui stiamo parlando e com'era la situazione fra noi. Lei viveva con me, ma aveva la sua stanza, e non l'ho mai sfiorata, neanche con un dito. Ecco, me lo aspettavo…non mi credete! Al posto vostro nemmeno io ci crederei. Irina è bellissima, dolce e affascinante, e io sono un giovanotto normalissimo. Oh, ho avuto le mie storie, com'è ovvio, ma mai legami seri, spesso solo cosette da qualche notte. Non sono mica un santo. Ma Irina l'ho sempre rispettata, mi sentivo responsabile per lei e, sì, lo ammetto, mi stavo innamorando ogni giorno di più.

Il problema era che mica potevo parlarle dei miei sentimenti, perché Irina traboccava di gratitudine nei confronti miei e della mia famiglia al punto tale che temevo che mi avrebbe accettato solo per obbligo morale. Non volevo che Irina si sacrificasse per riconoscenza. Al tempo stesso non potevo aspettarmi il suo amore. Lei era di una categoria nettamente superiore; era troppo bella, troppo intelligente per un semplice macellaio come me. Decisi che era arrivato per lei il tempo di volarsene via dal nido protetto che io e la mia famiglia avevamo costruito per lei. Avrebbe mantenuto il suo lavoro, se lo desiderava, ma sarebbe andata a vivere in un appartamentino tutto suo e avrebbe cominciato la sua vita indipendente.

Oh, come potrei mai dimenticare quella sera? Vedete, non provo vergogna nel mostrare i miei occhi pieni di lacrime quando ripenso a quel momento. Avevo preparato la cena. Cucinare i pasti era stato fin dal principio compito mio. Irina impara tutto in fretta; è intelligente e non ha paura del lavoro, ma quando si tratta di cucinare è proprio negata. Riesce a malapena a preparare una specie di brodaglia di barbabietola e cipolla. Ma non è colpa sua. È nata in una famiglia poverissima, e la gastronomia non era esattamente una priorità per loro. Mangiavano quello che capitava, per sopravvivere; questo spiega tutto. Invece nella mia famiglia abbiamo sempre fatto attenzione alla qualità del cibo e alla varietà dei piatti. Non fraintendetemi niente di snob e ricercato, ma buone ricette della nostra tradizione regionale. La mia mamma è una cuoca fantastica, e noi siamo tutti appassionati di buona cucina. Io pure me la cavo bene; in macelleria proponiamo ai clienti anche piatti cucinati da asporto, tutti basati sui nostri migliori tagli di carne, così ho fatto pratica. Ma non ho troppo tempo a disposizione, così non sempre posso passare tempo in cucina quando rientro dal negozio alla fine della giornata. Spesso mangiamo gustosi avanzi che porto dal negozio.

Ah, porco cane! Di nuovo sto divagando. Dove eravamo rimasti? Ma certo! Quella sera. Dopo cena presi tutto il mio coraggio e dissi a Irina che l'avrei aiutata a trovarsi un appartamentino tutto per lei. Lei era libera di avere la sua vita, perché era giusto e se lo meritava. Lei mi ascoltò senza interrompermi. Non potete neppure immaginare come fosse bella, pura, come una bambina, ma innocentemente seducente al tempo stesso.

Alla fine si arrotolò una ciocca di capelli attorno all'indice, come fa sempre quando si concentra su qualcosa e, guardandomi negli occhi, disse,

"Massimo, lo capisco, tu hai fatto già talmente tanto per me, ed io sono un fastidio per la tua vita privata. Hai ragione. Me ne andrò al più presto, ma…"

" Ma, ma…cosa, Irina? Non devi preoccuparti per nessuna faccenda pratica. Continuerai a occuparti della nostra contabilità; nessuno l'ha mai fatto meglio di te." Il cuore mi batteva in gola, ma feci un o sforzo

per continuare, "E noi resteremo amici per sempre…"
Amici…Mi vergognavo di mentirle, ma come avrei mai potuto imporle il mio amore?

A mia grandissima sorpresa Irina ripeté la stessa parola "Amici…" con un tono triste, e poi allungo la mano verso la mia attraverso al tavolo della cucina.

"Massimo, sono una stupida, ma non riesco a tenermelo dentro. Mi mancherai troppo; non posso immaginare di vivere senza di te. Lo so che non ho il diritto di chiederti nulla, ma, uhm, credo proprio di essermi innamorata di te. Sei un uomo perfetto; Non ce n'è un altro come te. Sei talmente generoso, rispettoso, gentile, tenero, e…bello. Perdonami per non essere stata capace di star zitta. Naturalmente so che non ricambi il mio sentimento, e che mi consideri solo un'amica…"

Non riuscì a continuare a parlare, non solo perché stava piangendo, ma soprattutto perché io avevo fatto il giro della tavola alla velocità della luce, e stavo abbracciandola, come un grosso orso che prova a stringere a sé una betulla sottile e delicata.

Tre mesi dopo eravamo sposati.

È passato giusto un anno e—accetto il rischio di sembrare banalmente sentimentale, ma non trovo parole migliori—è stato come vivere dentro un sogno di perfetta felicità. Irina mi ama. Ma riuscite a immaginarlo? L'avete vista in fotografia; potrebbe avere qualsiasi uomo al mondo, eppure ha scelto me.

Non siamo solo profondamente innamorati, siamo in perfetta armonia per tutto quanto. Ridiamo insieme, ci capiamo senza bisogno di parole, e dividiamo i pensieri.

Ahimè, forse dovrei usare i verbi al passato, non più al presente…non lo so. Mi sento un cretino a raccontarvi delle mie disgrazie. Temo che Irina abbia una relazione con qualcuno. Lo sapevo che era troppo meraviglioso per durare.

Oh, non ho nessuna prova certa; Irina è sempre la stessa con me, tenera, premurosa, sorridente, appassionata. Ma ho scoperto, casualmente, che mi ha mentito. Mi detesto per dubitare della sua fedeltà. Lei è sincera, onesta, lo so. Ma mi ha mentito senza apparente ragione. Non lavora più in negozio con me e il mio babbo; si occupa della nostra contabilità da casa, per computer. Ha un tale talento che ha imparato anche ad amministrare perfettamente tutte le faccende bancarie, ha perfino trovato il modo di fare ottimi investimenti. Abbiamo trasferito tutti i nostri conti bancari, che avevamo qui a Capacciano, a una banca più grande, ad Arezzo. Irina ci va quando è necessario, perché preferisce non fare le transazioni più delicate per computer. È normale che vada ad Arezzo almeno una volta a settimana, anche per fare qualche compera e cose così. Voi mi direte che allora tutto è a posto e non ho ragione di mettermi a immaginare tradimenti. Lasciate che vi spieghi. Capacciano si trova a circa dieci chilometri da Arezzo e Arezzo sta a sud di Capacciano.

Uno dei nostri clienti, qualche giorno fa, scherzava in negozio, dicendo che era proprio un peccato che la signora Verini non stesse più alla cassa, perché il numero dei clienti era certamente diminuito da quando non si poteva più ammirare in macelleria la più bella donna dell'intera provincia. Poi aggiunse, senza cattiva intenzione—è un brav'uomo che conosco da quando ero bambino—"Con tutto il rispetto, Massimo, tua moglie riesce a illuminare perfino le giornate di brutto tempo solo con un sorriso. L'ho incontrata un paio di giorni fa, e lei, gentile come sempre, mi ha salutato con la mano dal finestrino dell'auto. Se Leonardo avesse preso lei per modella, Monna Lisa poteva solo andare a nascondersi…"

"Eri ad Arezzo?" Gli chiesi senza riflettere.

"Ma no! Stavo facendo consegne su al Castello di Tramontano…"

Non so se siete già stati da queste parti. Il Castello di Tramontano è un resort di alto livello. All'inizio del diciannovesimo secolo hanno trasformato le rovine di un'antica fortezza in un sontuoso castello turrito in falso stile gotico. Si compone di un albergo quattro o cinque stelle, roba di lusso e di un rinomato ristorante. È un posto molto richiesto per celebrare matrimoni sfarzoso. Ma questo non è importante. Quello che conta è che il Castello di Tramontano si trova a dieci chilometri da Capacciano, ma a nord. Mi seguite? Come faceva Irina a essere al castello, quando mi aveva detto che era andata ad Arezzo?

Non volevo essere vittima di una forma di gelosia morbosa, dunque mi limitai a chiedere a Irina conferma di dove avesse passato il pomeriggio; ovviamente lei è libera di andare dove le pare. La campagna intorno a Capacciano è bellissima anche col tempo cattivo.

"Irina, amore mio, hai passato un bel pomeriggio ad Arezzo? Sei passata in banca?"

Irina, la mia bellissima, meravigliosa Irina, che stava stirandomi una camicia, alzò gli occhi.

"Oh, pioveva, ma è stato lo stesso piacevole. Sono andata a dare un'occhiata a un paio di scarpe in quel negozio nel centro di Arezzo, dove ne hanno di belle a prezzi convenienti."

Sentii un brivido salirmi su per la schiena. Irina mi aveva appena raccontato una balla.

In realtà sapevo che era stata al castello di Tramontano, ma perché? C'è quel bell'albergo romantico su al castello. Vi lascio immaginare le immagini orribili che mi hanno attraversato la mente in quel momento.

> *"O, guardatevi dalla gelosia, mio signore;*
> *È un mostro dagli occhi verdi che dileggia*
> *Il cibo di cui si nutre; beato vive quel cornuto*
> *Che, conscio della sua sorte,*
> *Non ama la donna che lo tradisce."*

Ah, posso vedere che alcuni di voi stanno corrugando un sopracciglio…Che presuntuosa assurdità, un macellaio che cita Shakespeare. Non prendetela a male; io penso che un'opinion in assenza di conferma sia solo un pregiudizio. Il mio lavoro, che cerco di svolgere al meglio, non ostacola necessariamente i miei interessi. Oltre a cantare nel coro, amo il teatro e la letteratura. Tuttavia dovetti dar ragione ai miei genitori, che per me non avrebbe avuto senso andare all'università. Ero destinato a diventare macellaio, come mio padre e, prima di lui, mio nonno. Moltissimi giovani laureati sono disoccupati in questi anni, Io ho la fortuna di avere un lavoro sicuro che mi permette di guadagnare bene. La cultura può essere sempre sviluppata individualmente, per interesse personale. È quello che ho fatto io.

Forse suona un po' scontato, detto così, ma Shakespeare mi ha sempre dato moltissimo. Ha saputo descrivere tutte le passioni umane; dopo di lui ci sono state solo ripetizioni, con varie sfumature, ma niente di nuovo. La natura umana quella è, e quella rimane.

Mi disprezzo per dubitare di Irina. So che è un sentimento avvelenato, che può corrompere tutto. Non ho mai pensato che Irina potesse appartenermi. Lei è libera, e non sarei neppure sorpreso se trovasse un altro uomo che meritasse il suo amore più di me. Ma sono le sue bugie che mi feriscono. Siamo sempre stati sinceri l'uno con l'altra.

Ho bisogno di sapere quello che sta succedendo; poi le parlerò e la lascerò andare, se è quello che desidera. Mi ha già offerto il regalo preziosissimo di un anno di amore perfetto. Se il suo sentimento per me è svanito, saprò accettarlo.

Lo so, adesso sembro proprio melodrammatico, ma vi assicuro che non lo sono. Al contrario, io ho la tendenza a essere pragmatico. Ne riparleremo quando le cose si saranno un poco chiarite.

Non sono fiero di me stesso. Vi ho già detto che non lo sono. Ho indagato sugli spostamenti di Irina. Oh, credetemi, se vi dico che è stato difficile e penoso. Come ormai sapete, sono molto imponente, fisicamente parlando, per cui non è stato facile seguirla da vicino senza farmi notare, ma ci sono riuscito, anche perché sapevo in anticipo dove sarebbe andata. Ma veniamo al sodo. Mi fa male parlarne, ma voi siete così gentili da prestarmi attenzione. Non vi conosco di persona; questo mi rende le cose più facili. Voi siete lettori, senza volto, ed io sono il personaggio di un racconto. Noi siamo collegati in un certo modo, ma non condividiamo sentimenti personali. Sono sicuro che capiate perché mi viene facile confidarmi con voi.

Oggi ho la certezza di quello che prima mi limitavo a sospettare. Irina va al resort del Castello di Tramontano ogni settimana, e ci passa almeno due ore intere, dalle tre alle cinque del pomeriggio, di giovedì.

Lo fa da oltre due mesi, forse di più ancora. Arriva da sola, con la sua macchina e riparte sempre sola. Non ho idea di chi lei possa incontrare. Delle auto vanno e vengono, abbastanza di frequente, lungo la strada che monta al castello. L'altro uomo, quello che Irina ama, deve essere uno dei tanti guidatori, che mi sono passati vicino, ma non ho modo di sapere quale di loro esattamente. Non sono andato a cercare informazioni alla reception dell'albergo. Non so che cosa mi abbia impedito di farlo. Forse provavo vergogna; forse non volevo coinvolgere Irina in una scena grottesca.

Ma adesso sono sicuro. Irina non mi ha mai detto di aver cominciato ad andare regolarmente al castello di Tramontano; le sue bugie sono una triste conferma dei miei angosciosi sospetti.

Non posso prolungare quest'agonia. Questa sera le parlerò. Le chiederò di dirmi la verità. Le ripeterò che è libera di lasciarmi, se si è innamorata di un altro, ma che io non riesco a vedere il nostro amore trasformato in una parodia.

Ho lavorato fino a tardi in negozio; penso fosse un modo di rimandare il momento del confronto. Il tempo è arrivato. Sono sulla porta del nostro appartamento. Irina è certamente a casa. Infilo la chiave nella serratura.

Mi accolgono un suono di voci famigliari e un profumo delizioso. La mia mamma e il mio babbo e i nonni sono tutti lì.

"Massimo, finalmente! Stavo quasi scendendo in negozio a vedere che fine avevi fatto. Com'è che sei tanto in ritardo, e proprio oggi?"

Oggi? Di colpo mi ricordo che è il mio compleanno. Mi sento confuso. Babbo e mamma mi abbracciano. I nonni sorridono. Mi scaldano il cuore. Vorrei che loro potessero risolvere i miei dolorosi problemi, come facevano quando ero bambino. La tavola è apparecchiata per sei, con particolare eleganza. Ci sono fiori freschi e candele. E poi questo profumini invitante che arriva dalla cucina…

Irina appare sulla porta della cucina. È un po' affannata. Sorride ed è subito come se il sole illuminasse la stanza. È indescrivibilmente bella, i capelli un po' arruffati e la sua pelle perfetta e luminosa, con delle sfumature rosa/madreperla sulle guance. Indossa un grembiulone da cucina sul suo vestitino azzurro, uno di quelli che preferisco, e che abbiamo comprato insieme.

"Buon compleanno, amore mio!" Mi corre in contro per abbracciarmi e mi bacia appassionatamente. Profuma di rosmarino e di arrosto in salsa di funghi. Mi guarda come una fan guarderebbe una star del rock, con ammirazione, devozione e gioia. E permettetemi di aggiungere anche 'con amore'.

"Siediti, dai, la cena è pronta!" Indica la tavola con uno dei suoi gesti, naturalmente pieni di grazia, e si sfila il grembiule.

"Signor Verini." Irina ancora non riesce a chiamare il mio babbo per nome, anche se lui le chiede sempre di farlo e di dargli del tu, ma lei lo fa per rispetto, non per marcare le distanze. "Signor Verini, potrebbe stappare la bottiglia, per favore?"

Mia madre sorride e sembra pure commossa; il che non è strano per niente, perché si commuove sempre. Ma questa volta lo sembra ancora più del solito.

"Buon compleanno, ragazzo mio. Apriremo i tuoi regali più tardi, adesso godiamoci tutti insieme il regalo che Irina ha preparato per te. Ha cucinato una cena intera tutta da sola. Ha cominciato a lavorare in cucina dall'inizio del pomeriggio; era tanto preoccupata di non fare bene. Ha preso lezioni di cucina per più di due mesi. Io lo sapevo, ma lei ci ha chiesto di non dire niente per non rovinarti la sorpresa il giorno del tuo compleanno."

Mi sento un idiota. Sono un grosso, enorme idiota. Non me la merito una moglie innamorata e perfetta come la mia Irina, che in questo momento, fiera come una scolaretta che ha appena superato un esame, mi sta servendo una bella porzione di ravioli di zucca, uno dei miei primi piatti preferiti.

Sono buoni, buonissimi.

"Ha fatto anche la pasta a mano, proprio come me." La nonna annuisce con entusiasmo.

"Irina, è squisito. Non so cosa dire. Allora sei andata a lezione di cucina per farmi piacere, è così?"

Lei sorride, i miei genitori sorridono, i nonni ridono. Sorrido anch'io, sopraffatto dall'amore, dal sollievo e dalla vergogna.

"Penso che tu abbia frequentato quel corso di cucina che tengono al ristorante del castello di Tramontano." Borbotto a bocca piena,

"Proprio così. Come hai fatto a indovinare? La tua mamma mi aveva promesso di tenere il segreto…"

"Oh, lei non si è fatta sfuggire una sola parola, Irina. Ho solo tirato a indovinare…"

Uomini dagli Occhi Azzurri

"Tutto in lui era vecchio tranne gli occhi che avevano lo stesso colore del mare ed erano allegri e indomiti."
~ Ernest Hemingway ~

I l dottore, un ometto magro, sulla cinquantina, sembrava troppo stupito per incollarsi in faccia l'usuale espressione serena con la quale, di solito, comunicava buone notizie ai suoi pazienti. Aveva preso accurata visione di tutta la documentazione medica relativa al signor Agostino De Petri, e si sentiva perplesso, sebbene non fosse questa la parola più adatta a definire il suo stato d'animo. Il paziente, questo De Petri, che il dottore non aveva ancora seguito personalmente, era in condizioni di salute incredibilmente buone, malgrado che dalla sua cartella clinica risultasse aver subito un paio di operazioni piuttosto gravi negli ultimi anni.

"Signor De Petri, mi fa piacere informarla che tutti i suoi ultimi esami di laboratorio hanno dato esiti più che soddisfacenti. Ho letto qui che lei ha subito due operazioni molto serie negli ultimi dieci anni." Il dottore sventolò i fogli che teneva nella mano sinistra, come se volesse scrollare via gli ultimi dubbi che potevano contenere.

"Le condizioni del suo apparato cardiaco sono assolutamente rassicuranti e il suo livello di colesterolo è perfetto. In tutta sincerità, se non avessi letto la sua data di nascita sulla cartella clinica, non avrei mai indovinato che lei ha ottantaquattro anni."

Agostino De Petri, seduto dall'altro lato della scrivania del dottore, ascoltava con un sorriso sereno, nel quale un acuto osservatore avrebbe potuto notare un pizzico di bonaria ironia. In effetti non dimostrava per nulla la sua età; era dritto come un fuso, ben curato nell'aspetto con una notevole quantità di capelli brizzolati, sottili e soffici come piumette di pulcino. I suoi lineamenti erano abbastanza regolari, con l'eccezione di un naso importante, torreggiante nel mezzo della sua faccia, come la prua di un rompighiaccio. Aveva la pelle leggermente abbronzata e molto liscia per un uomo anziano. Ma il particolare che colpiva di più era il colore dei suoi occhi. Aveva due occhi limpidi azzurro/porcellana, che luccicavano, come se fossero smaltati.

"Ho sempre seguito le prescrizioni del mio dottore precedente—che riposi in pace—e di sicuro seguirò accuratamente anche le sue.

Seppure io mi senta benissimo, continuerò a fare tutti gli esami due volte l'anno…" Disse De Petri, sempre sorridendo.

Il dottore provò una fitta di preoccupazione. Questo paziente aveva già seppellito due dottori, che lo avevano avuto in cura ed erano certamente più giovani di lui.

"Allora che mi consiglia di fare fino al nostro prossimo appuntamento, tra sei mesi, dottore?"

"Bene, signor De Petri, continui così e faccia un po' di attività fisica ogni giorno, senza esagerare, ma regolarmente. Per caso ha un cane? Se così fosse, lo porti a passeggio più spesso, scegliendo un percorso più lungo oppure…"

"Non ce l'ho un cane. Ho un gatto, insomma, mia moglie ha un gatto…D'estate andiamo al mare, quando possiamo, e a me piace tanto nuotare; ma devo ammettere che, nella brutta stagione, sono molto sedentario."

"Non va bene, signor De Petri. Lei è in buonissima forma, ma deve impegnarsi regolarmente per mantenerla. Vediamo…ha una bicicletta? Se le piace, potrebbe farsi un giretto in bici ogni giorno, senza stancarsi troppo, solo in pianura. Non la sto invitando a scalare le colline del Casentino."

"Eh, in ogni caso non credo che il mio cuore e i miei polmoni ce la farebbero…" De Petri annuì, spalancando in faccia al dottore quei suoi incredibili occhi azzurri. "Una vecchia bici ce l'ho e mi sforzerò di fare una pedalata ogni giorno, solo qualche chilometro, niente di troppo, come lei mi ha suggerito. Poi tra sei mesi vedremo i risultati della mia costanza. Perché lei sarà ancora il mio dottore tra sei mesi, vero?"

Il dottore non poté impedirsi di fare un gesto scaramantico, nascondendosi sotto il piano della scrivania. De Petri se ne accorse e scoppiò in un'allegra risata.

"Oh, dottore, non pensi a niente di funesto. Volevo solo chiederle se posso considerarla il mio dottore di fiducia oppure se si trova qui solo temporaneamente."

⁕

Come tutti i giorni, o quasi, dopo la sua ultima visita dal dottore, Agostino De Petri si alzò presto per fare il suo giro in bici.

"Tino, dove stai andando? È ancora buio…" Borbottò Fernanda De Petri, tutta avvoltolata nel calduccio del letto e immersa nella nebbia dolce di un lento risveglio.

Fernanda e Agostino erano sposati da oltre cinquantacinque anni. Un bel po' di tempo, che avevano attraversato insieme, senza quasi rendersi conto della sua effettiva durata; giorno dopo giorno, tra momenti belli e meno belli, piccoli litigi senza troppa importanze e costanti prove di solidarietà reciproca. Quando si erano sposati, come testimoniavano le fotografie dell'album di nozze, Fernanda era una ragazza piccolina e graziosa, con un nasetto capriccioso e due occhi brillanti, color nocciola. Agostino invece aveva l'aria impacciata, era secco come un chiodo, con lineamenti spigolosi.

Fernanda, già a quel tempo, nutriva una grandissima passione per un attore francese, che stava diventando parecchio famoso. Non era la sola, perché quel francese era bellissimo e il suo fascino era ancor messo più in risalto dalle parti che interpretava in molti film. I suoi occhi azzurri erano subito diventati leggendari.

Fernanda aveva spinto Agostino, in modo gentile ma fermo, ad accompagnarla al cinema ogni volta che usciva un nuovo film del suo idolo. Quando lei aveva scoperto che l'attore francese era nato lo stesso anno del suo Agostino, aveva cominciato a punzecchiare affettuosamente il marito, ripetendo,

"Mi domando perché non gli assomigli, almeno un pochino, non solo nella data di nascita…ti voglio bene, Tino, e lo sai, ma, ah…se avessi anche la sua faccia, non solo la stessa età!"

Era diventato un piccolo scherzo ricorrente, durante gli anni. Persino i loro figli e gli amici spesso facevano benevole, ma umoristici paragoni tra Agostino e la stella francese del cinema. Fino a che, un giorno, uno degli amici della coppia affermò che, quando entrambi erano più giovani, era assolutamente vero che l'attore francese fosse molto più seducente e attraente di Tino, ma, col passare del tempo, la distanza tra i due si stava riducendo. Il francese non stava invecchiando così bene come Agostino, i cui lineamenti si erano ammorbiditi, e aveva ancora la pelle con pochissime rughe e abbastanza tonica.

"Tieni duro ancora un po', Tino, e lo distruggerai completamente." Ripetevano gli amici, tanto per prendere un pochino in giro Fernanda. "Non ha più tutto quel fascino speciale, si è gonfiato e imbolsito, mentre tu dimostri dieci anni di meno."

"Uhm, forse..." Fernanda doveva ammettere controvoglia, perché non poteva fare a meno neppure lei di notare che il suo idolo di bellezza maschile mostrava delle cospicue borse sotto ai suoi famosissimi occhi, che sembravano spenti e rimpiccioliti, e il suo viso, famoso in tutto il mondo, era sempre più solcato da una miriade di rughe profonde.

Quella mattina Agostino si sentiva particolarmente bene, e aveva deciso di uscire in bicicletta quando il sole aveva appena cominciato a dipingere delle velature rosa oltre il profilo scuro delle colline. Si era ormai alla fine di Settembre e, sebbene la temperatura durante il giorno fosse ancora tiepida, le prime ore mattutine erano già freddine. Agostino era ben equipaggiato e non aveva paura di un po' d'aria fresca, al contrario gli dava tono e lo riempiva di energia.

Aveva programmato di farsi un giro intorno alla collina del castello di Tramontano e poi andare a prendersi un cappuccino e un croissant al 'RaBARbaro', il bar al centro di Capacciano, dove avrebbe comprato anche un paio di sfogliatelle da portare a casa per Fernanda.

La strada di campagna era deserta; in effetti, non era mai molto trafficata, perché ci passavano solo i veicoli diretti su, al castello di Tramontano, seppure per lo più preferissero prendere l'altra strada, quella più diretta, dall'altro lato della collina.

Agostino avanzava a pedalate regolari, senza sforzo, godendosi il panorama che gli sfilava intorno. Sulla destra si ergeva la rocca del castello, illuminata dal sole nascente, mentre sulla sinistra il bosco era ancora immerso in una mezza penombra. Agostino sentiva già in bocca il sapore delizioso del cappuccino che lo stava aspettando, ed era in pace con se stesso e con l'universo intero. La sua serenità fu bruscamente intaccata quando di colpo vide sull'asfalto i segni di una frenata che andavano a finire direttamente verso la scarpata cespugliosa del bosco.

De Petri si fermò e appoggiò la bici a un paracarro; poi, con una sorprendente agilità, incominciò a scendere giù per la scarpata, aggrappandosi ai cespugli. Vide immediatamente l'auto, con le ruote per aria, schiacciata contro il tronco di un albero.

Quando riuscì a raggiungere la grossa berlina danneggiata, una visione terribile lo fece rabbrividire. Un uomo, il conducente, era appeso fuori dal finestrino sfondato, trattenuto dalla cintura di sicurezza. Apparentemente l'airbag non si era aperto o era esploso. Agostino non aveva visto molti cadaveri in vita sua, ma capì subito che l'uomo era morto, malgrado avesse gli occhi spalancati. Per essere completamente sicuro, tentò di sentire il polso di quel povero tizio, ma non riuscì a percepire il minimo segno di vita.

Agostino si sentì svenire, ma fece uno sforzo. Tirò fuori il cellulare. Per fortuna Fernanda insisteva sempre perché lui se lo portasse dietro quando usciva; fosse stato per lui, Agostino avrebbe felicemente fatto a meno di quella onnipresente piccola diavoleria. Chiamò il numero di emergenza e spiegò la situazione chiaramente in ogni dettaglio, malgrado la sua voce tradisse lo shock. L'operatore gli disse di aspettare i soccorsi sulla strada, per indicare il punto esatto dell'incidente. Agostino precisò che il conducente purtroppo era deceduto nell'impatto, dunque non c'era urgentissimo bisogno di un'ambulanza.

Lanciò un'altra occhiata al morto, con un misto di compassione e orrore, e sentì il bisogno di chiudergli almeno gli occhi, che erano rimasti così tragicamente spalancati, senza poter vedere più nulla. Ma si bloccò al pensiero che era meglio non toccare niente sulla scena del crimine—Agostino era un lettore appassionato di libri gialli—anche se, ovviamente non si trattava di un crimine, ma di un tragico incidente. Mentre si stava concentrando in queste riflessioni ed era quasi deciso ad arrampicarsi di nuovo su per la scarpata, in attesa della polizia sulla strada, come concordato, Agostino di colpo si accorse che la portiera del sedile posteriore era aperta e alcuni cespugli presentavano dei rami rotti, dal lato opposto dell'auto danneggiata. Si avvicinò, spinto da una strana e angosciante intuizione. Con ansiosa sorpresa vide delle chiare tracce di sangue, che partivano dall'auto. Non potevano essere dell'autista morto, data la loro posizione. Significava che c'era stato un passeggero, sicuramente ferito, che per ragioni ancora inspiegabili, aveva preso la direzione opposta alla strada, avventurandosi verso il folto della foresta, probabilmente confuso.

Agostino si aprì un passaggio tra gli alberi e il sottobosco, seguendo le tracce.

'Dove diavolo sei andato a finire?' Pensava, perché era ormai certo che qualcun altro si era trovato in quella macchina e si era trascinato fuori, in mezzo all'intrico della vegetazione. De Petri vedeva i segni del passaggio sempre più chiaramente, ora che il sole era più alto.

Finalmente riuscì a trovare il sopravvissuto dell'incidente. Agostino, effettivamente, incespicò su quel corpo seminascosto sotto le felci. Era un uomo che giaceva a faccia in giù. Agostino ebbe paura di sentirgli il polso, ma s'impose di farlo. Fu confortato da un improvviso sollievo quando ebbe la certezza che l'uomo fosse ancora vivo. Il polso batteva debolmente, ma era abbastanza regolare. L'uomo indossava un elegantissimo maglioncino di cachemire, inzuppato dalla rugiada del primo mattino, così come il resto dei suoi vestiti. Si era trascinato per oltre duecento metri sulle foglie bagnate del sottobosco, prima di perdere completamente le forze e i sensi.

Agostino ritelefonò immediatamente al numero di emergenza, informando l'operatore che c'era urgenza di un'ambulanza adesso, perché lui aveva trovato un ferito grave. Disse a chi lo stava ascoltando che lui non poteva più aspettare i soccorsi sulla strada, come gli era stato richiesto, perché voleva rimanere vicino al ferito. Tuttavia, la scena dell'incidente era visibilissima, e inoltre la sua bicicletta, che aveva lasciato sul ciglio della strada, mostrava esattamente il punto. L'operatore lo rassicurò che sarebbero arrivati al più presto e lo avvertì di non muovere il ferito.

Agostino si sentì quasi impermalito da questa ingiunzione; sapeva benissimo che i feriti non vanno mai spostati, per evitare possibili, serie conseguenze; lo aveva letto in moltissimi libri, per lui era ovvio.

Però l'uomo non poteva essere lasciato così, al freddo e tutto inzuppato. Agostino si sfilò il suo bel giaccone imbottito e la sciarpa di lana. Appallottolò la sciarpa e, con gentile cautela, la infilò sotto la testa dell'uomo, come cuscino e anche per alzargli un po' il viso, premuto contro il suolo; poi lo coprì col giaccone. Senza sapere che altro fare, Agostino prese una mano dell'uomo tra le sue, e ne cercò il polso ancora una volta, il battito sembrava più irregolare, ma almeno provava che c'era ancora vita.

Inaspettatamente l'uomo biascicò alcune parole, che Agostino non riuscì a capire, ma, rendendosi conto che l'uomo era almeno parzialmente cosciente, si sforzò di parlargli in tono rassicurante.

"Non si preoccupi. Lei ha avuto un incidente, ma andrà tutto bene. Ho già chiamato i soccorsi e tra poco arriverà l'ambulanza…"

Agostino non poteva essere certo che l'uomo fosse abbastanza lucido da capire le sue parole, ma pensò fosse importante aiutarlo a restare vigile. L'uomo sembrò reagire alle parole di Agostino e con evidente difficoltà girò un poco la testa. Agostino riuscì a vederlo parzialmente in faccia. Era un uomo molto anziano; la sua faccia gonfia era sporca di terra e di sangue. Agostino sentì la stretta delle dita dell'uomo, che afferrarono la sua mano, come gli artigli di un rapace.

"Ne m'abandonnez pas ici..."

Anche se erano parole d'invocazione, pronunciate con voce fievole, avevano un tono imperioso.

Agostino non aveva nessuna familiarità con le lingue straniere, ma capì benissimo quello che l'uomo gli aveva detto.

Il suono delle sirene e le voci dei soccorritori incoraggiarono Agostino che si mise a gridare,

"Siamo qui, giù nel bosco!"

Un dottore e due barellieri arrivarono prontamente a prendersi cura del ferito.

"È stabile." Disse il dottore, e lo caricarono sulla barella, fissandolo con delle cinghie, con movimenti gentili ma rigorosi, per poterlo trasportare su dalla scarpata, fino all'ambulanza.

Agostino era abbastanza confuso e non sapeva che fare, allora s'incamminò di fianco alla barella fino a che la piccola processione risalì di nuovo fino alla strada. Mentre lo stavano sistemando nell'ambulanza, l'uomo afferrò di nuovo la mano di Agostino con insospettabile forza e disse, questa volta a voce più alta,

"Ne m'abbandonez pas..."

"Lo conosce? Vuole venire con lui al pronto soccorso dell'ospedale?" Chiese il dottore a uno sbigottito Agostino che, senza riflettere rispose,

"Sì, certo grazie..."

Quando l'ambulanza arrivò in ospedale, un'equipe medica si fece carico dell'uomo ferito e scomparve con lui dentro il Pronto Soccorso, mentre ad Agostino fu detto di aspettare su una panca vicino alla porta scorrevole.

Dopo alcuni minuti arrivò un poliziotto, informando Agostino che avevano bisogno della sua deposizione, e lo invitò a seguilo in un piccolo ufficio.

Agostino raccontò in ogni dettaglio quello che aveva visto sul luogo dell'incidente. Poi chiese notizie del ferito.

Il poliziotto fece un cenno di assenso,

"Appena possibile il dottore verrà a parlarle. Lei è un parente? Un amico? Noi ancora non conosciamo le generalità del ferito e della vittima, ma i miei colleghi stanno esaminando l'interno dell'auto per cercare eventuali documenti..."

"Ma io non ho idea di chi siano quei poveretti." Agostino aveva la sgradevole impressone che il giovane agente non avesse fatto troppa attenzione a quello che lui aveva chiaramente spiegato. "Le ho detto che io passavo di là per puro caso."

"Ma lei ha insistito per salire sull'ambulanza col ferito e accompagnarlo in ospedale, quindi era logico supporre che..."

Agostino decise che non valeva la pena di continuare a spiegare le stesse cose un'altra volta.

Il dottore, che era venuto con l'ambulanza, sbucò da una porta laterale e vide Agostino.

"Oh lei è qui. Per fortuna che è passato di là proprio al momento giusto. Se non lo avesse trovato, il paziente non ce l'avrebbe fatta a sopravvivere ancora per molto. Ha un'emorragia interna. Il freddo e la mancanza di pronte cure gli sarebbero stati fatali. Ma adesso è fuori pericolo, anche se ci vorrà molto prima di poterlo dimettere. Ora stiamo risolvendo il problema emorragico, ma i parametri vitali sono rassicuranti. Quello che posso dire è che lei gli ha certamente salvato la vita. Vede, per un uomo di quell'età—certamente ha più di ottant'anni—queste ferite potevano essere mortali. Purtroppo ancora non si sa chi sia, da dove venga, per avvertire i famigliari, poiché lei dice di non conoscerlo."

Stavano arrivando altri poliziotti, abbastanza agitati. Uno di loro, ignorando Agostino, disse qualcosa al collega, che aveva raccolto la testimonianza del De Petri. Parlavano tutti a voce alta, concitati, ed entrarono insieme al dottore in un altro ufficio, chiudendo subito la porta.

Agostino era perplesso, ma gli venne di colpo in mente di aver lasciato la bicicletta sul luogo dell'incidente, e si domandò se qualcuno avrebbe pensato a riaccompagnarlo laggiù per poterla recuperare.

Uno dei barellieri gli fece un cenno di saluto.

"Oh, ma ha sentito chi è l'uomo che ha avuto l'incidente?"

"Non ne ho idea, a me sembrava uno straniero dalle poche parole che mi ha detto…"

"Proprio così. Era ospite di quel magnifico resort, sa, quello del Castello di Tramontano. Pare avesse appena trascorso un periodo di riposo in totale privacy; poi l'incidente, proprio quando l'autista lo stava accompagnando all'aeroporto. Le voci circolano in fretta. Tra poco arriveranno i giornalisti. È meglio che lei se ne vada, se non vuole essere assalito dai fotografi e dai reporter. Quando abbiamo caricato il ferito sull'ambulanza e lei ha insistito per accompagnarlo, ho pensato che foste parenti, fratelli forse, avete gli stessi occhi. Naturalmente lei è più giovane e messo meglio, ma ho potuto notare davvero una piccola somiglianza…"

Agostino De Petri si sentì un perfetto idiota, perché ancora non era riuscito a capire di che cosa parlava il barelliere.

"Io non lo conosco quel signore ferito. Mi dispiaceva per lui, era spaventato e mi sembrava che la mia presenza lo rassicurasse. Chiunque al mio posto lo avrebbe accompagnato fino all'ospedale, per non lasciarlo solo. Ma adesso, naturalmente, io vorrei andarmene, e mi chiedo se qualcuno potesse darmi un passaggio, ho lasciato la bicicletta sulla strada e…"

"Non si sono problemi, si figuri; smonto tra mezz'ora e poi l'accompagno io con la mia macchina, se può aspettarmi."

Agostino fece un sospiro di sollievo.

"Grazie, lei è gentilissimo. I poliziotti sembrano tutti agitati e non oso disturbarli per chiedere un passaggio...Ma insomma, chi è quel signore ferito?"

"Oh, ma è famosissimo, sa, è quell'attore francese che ha fatto tantissimi film, quello che ha sposato...e poi anche..." Il portantino fece il nome di due notissime attrici, conosciute per la loro bellezza, quando erano giovani.

"Eh, mi sa che ne ha avute a centinaia, a migliaia di belle donne." L'uomo continuò a rivolgersi ad Agostino con un sorrisetto di complicità. "Naturalmente quando non era tanto vecchio. Ormai è solo l'ombra dell'uomo affascinate che è stato. La vita è crudele e il tempo non risparmia nessuno."

Agostino finalmente capì tutto. La vita non era solo crudele, come aveva affermato il barelliere, era anche ironicamente imprevedibile, come i dadi che rotolano sul tappeto verde in un gioco d'azzardo.

Mentre aspettava il passaggio promesso, telefonò a Fernanda, perché non voleva farla preoccupare per il ritardo. Le raccontò tutto quanto, per benino. E si divertì a sentirla emozionata.

"Tino, mi stai veramente dicendo che hai salvato la vita di…?"

"Questo è quanto mi ha detto il dottore, Nandina."

"E lui ti ha davvero parlato, stringendoti la mano?"

"Quante volte te lo devo ripetere? Sì, stava malissimo, era spaventato, aveva bisogno di farsi confortare da qualcuno. L'ho coperto col giaccone e ho cercato di fargli coraggio. Per fortuna i dottori mi hanno detto che guarirà…"

"Tino, Tino…" Fernanda lo bloccò quando lui stava per chiudere la telefonata. "Tino, ti sei ricordato di farti fare un autografo?"

Il Marito Manesco

"La violenza, sotto qualunque forma, si manifesti, è un fallimento."
~ Jean-Paul Sartre ~

In molti avevano notato i lividi sulla faccia di Barbara, sebbene lei cercasse di nasconderli sotto a un foulard o dietro all'onda dei suoi capelli folti e lunghi.

Un mercoledì, un nebbioso giorno invernale, era entrata nell'emporio locale indossando un incongruo paio di occhiali da sole, sebbene fosse appena mattina.

"Oh, ma cosa ti è successo, Barbara?" Le chiese la proprietaria, esaminandola con uno sguardo inquisitorio.

Giada Possenti, la droghiera, era una donna curiosa, che assomigliava a un furetto ed era dritta come un fuso. Era sempre informata di tutto quello che succedeva a Capacciano. I compaesani la prendevano in giro, non sempre bonariamente, dicendo che Giada era al corrente di ogni cosa, ancora prima che accadesse.

"Solo un fastidioso orzaiolo…" Barbara sventolò leggermente una mano per significare che non era niente di grave.

"Fammi dare un'occhiata, ho una pomatina che fa miracoli. Alcune settimane fa, Maria, la moglie del panettiere, la conosci, no? Bene, è venuta qui con un occhio tutto gonfio e infiammato, ma dopo aver applicato la mia pomata per un paio di giorni, il suo occhio era perfettamente guarito."

"No, no…" Barbara la schivò. "Non è niente, solo che la luce mi da fastidio. Tutto qui."

E poi si affrettò a pagare quello che aveva già posato sul bancone, e uscì precipitosamente dal negozio.

La signora Possenti, in piedi sulla soglia, seguì Barbara con lo sguardo, scuotendo la testa e borbottando,

"Un orzaiolo, già, figuriamoci. E l'asino vola. Un orzaiolo…quella non me la racconta giusta!"

Un'ora più tardi già metà del villaggio era stata informata che Barbara Scansani aveva un occhio nero, che cercava di nascondere.

La gente del paese, che aveva già notato i precedenti lividi di Barbara, aggiunse benzina al fuoco, mormorando che si potesse trattare di violenza domestica, anche se nessuno poteva fornirne prove concrete.

Il marito di Barbara era considerato da tutti un uomo di natura mite e gentile, che lavorava con impegno. Ma spesso le sorprese più tragiche si annidano dietro le facciate di molti matrimoni apparentemente sereni.

Artemio Scansani era un uomo di poche parole, con mani grosse come guantoni da boxe. Possedeva un rinomato laboratorio di ebanisteria e restauri, soprattutto di pezzi unici antichi. Aveva anche un buon fiuto per gli investimenti economici che gli aveva permesso di far fruttare bene i suoi meritati guadagni e di crearsi un solido patrimonio. Scansani non amava gli inutili fronzoli e aveva un aspetto un po' rigido, come una scultura lignea.

Il suo lavoro di esperto artigiano era la passione della sua vita, e sembrava accarezzare il legno, su cui lavorava, con tenerezza e cautela, come se stesse prendendosi cura di un bimbo appena nato. Non gli era mai interessato avere uno stile di vita lussuoso, nonostante potesse permetterselo. Naturalmente apprezzava ogni tipo di ragionevole comodità e si era fatto costruire una grande casa moderna per la sua famiglia. Possedeva una bella macchina, solida e comoda e aveva comprato una scintillante auto sportiva per la moglie, secondo quello che a lei piaceva. Il suo unico, enorme rimpianto, in quella che sembrava una vita apparentemente ben equilibrata, era la mancanza di figli.

"Il destino non ha voluto regalarci dei bambini…" Si dispiaceva sobriamente, scambiando un'occhiata con la moglie, quando qualcuno gli faceva domande sulla sua famiglia. "Ora il tempo della speranza è passato." Artemio aveva cinquantasei anni e sua moglie, la sempre affascinante Barbara, era arrivata ai cinquanta.

Giada Possenti, la droghiera, che—forse paradossalmente—amava la letteratura, si compiaceva di stupire i propri clienti, citando, secondo l'ispirazione del momento, frasi celebri tratte da opere classiche.

"Tutte le famiglie felici si assomigliano fra loro, ogni famiglia infelice è infelice a suo modo."

Declamò, come introduzione a un pettegolezzo sugli inequivocabili segni blu/verdastri sulla guancia di Barbara Scansani, che era appena uscita dal negozio.

Ma il suo sfoggio di erudizione cadde nel nulla, poiché nessuno dei clienti presenti in quel momento nell'emporio aveva letto "Anna Karenina". Senza scoraggiarsi Giada spiegò la frase di Tolstoj.

"Ogni matrimonio, anche quando sembra sereno e felice, visto dal di fuori, può essere compromesso da situazioni terribili, che non si palesano facilmente. Chi avrebbe mai potuto immaginare che lo Scansani fosse un marito violento? Sembra sempre gentile e premuroso con

Barbara, quando sono in pubblico..." Fece una pausa per aumentare la drammaticità dell'effetto.

"Tuttavia è ormai evidente che, forse non solo di recente, lui ha cominciato a malmenarla. Lei nega, si capisce. Ha paura di peggiorare le cose e provocare reazioni ancora più violente. Dobbiamo cercare di appoggiarla e assicurarle che siamo dalla sua parte, e che lei lo deve denunciare, se questi atti di violenza continuano a ripetersi."

Il silenzio calò sopra le donne nel negozio. Poi, dopo una pausa, che sembrò molto lunga, sebbene non fosse durata più di qualche secondo, Graziella, la parrucchiera che aveva, insieme alle sorelle, uno dei saloni di acconciature più popolari di Capacciano, si mise a raccontare, in tono vagamente cospiratorio,

"Sapete che conosco bene la Barbara, eravamo compagne di scuola. Pochi giorni fa l'ho incontrata in paese e le ho chiesto come mai non la vedessi più da un bel po' nel nostro salone. Lei è sempre stata una nostra cliente regolare, anche se, a volte, va anche a farsi pettinare da un altro parrucchiere, giù ad Arezzo. Le ho chiesto di dirmi se avevo fatto involontariamente qualcosa che non le era andato a genio. Ma mi ha interrotto, sussurrandomi che non voleva far vedere la faccia, non protetta dai capelli, davanti ad altre clienti, che avrebbero di certo spettegolato. Poi ha sollevato alcune ciocche, che le velavano la guancia e il collo, e mi ha mostrato in fretta dei grossi ematomi, parecchio impressionanti. Ero scioccata. Le ho chiesto subito chi glieli avesse fatti, ma lei mi ha rassicurata con un sorrisino pallido, pretendendo di essere andata a sbattere conto una porta."

Tali parole sconvolsero le altre donne, come se un improvviso vento gelido avesse cominciato a soffiare dentro il negozio.

"Ah, sì, sbattere contro una porta…È la solita scusa delle donne malmenate per trovare una giustificazione alla violenza dei loro uomini. Dobbiamo intervenire al più presto, altrimenti Scansani la può perfino ammazzare, in uno scoppio di rabbia violenta. Quell'uomo ha una forza enorme…"

"Sì, proprio enorme. Qualcuno mi ha detto di averlo visto spezzare un'asse di lego spessissima a mani nude, senza sforzo apparente…"

Si guardarono in faccia, sforzandosi di indovinare che cosa ancora poteva capitare. Non dovettero aspettare per troppi giorni.

Lapo Tramontina, il taciturno proprietario del bar 'RaBARbaro', andava d'accordo un po' con tutti a Capacciano; probabilmente anche perché era un ascoltatore discreto e attento, che mai aggiungeva una parola per interrompere l'interlocutore, dando l'impressione di concentrare tutta la propria attenzione su quello che gli veniva raccontato.

Sapeva bene che non aveva senso essere profondamente amico con chiunque, ma aveva la tendenza spontanea e naturale di porsi in termini di superficiale familiarità con tutti i suoi clienti. Tuttavia aveva pochi amici veri, con i quali scambiare qualche parola, senza ridursi sempre e solo al ruolo di ascoltatore. Uno di questi era certamente Artemio Scansani, che aveva in comune con Lapo una naturale avversione per le chiacchierate. L'amicizia tra Artemio e Lapo era basata su silenzi colmi di significati, alternati a gesti concreti e reciproci di aiuto e appoggio.

Quando Artemio spinse la porta del 'RaBARbaro', Lapo si accorse immediatamente, con preoccupazione, che l'amico attraversava una seria crisi di ansietà. Le sue manone stavano tremando e la sua faccia, solitamente di un bel colorito roseo e sano, aveva assunto una sfumatura grigiastra. Senza inutili parole, Lapo girò il cartello sulla porta del bar passando da "Aperto" a "Chiuso", abbassò parzialmente la saracinesca e preparò una tazzina di espresso, che piazzò davanti all'amico sconvolto. Solo a quel punto parlò.

"Che ti è successo, Artemio?"

"Barbara, si tratta di Barbara. È diventata matta!"

Lapo attese con calma fino a che l'amico trovò le parole necessarie, incoraggiandolo con un cenno del capo, impercettibile ma colmo di significato.

"Questa mattina, mentre mi stavo vestendo per andare in laboratorio, mi sono accorto che Barbara si era già alzata. Di solito le piace restare a letto un po' più a lungo, fino all'arrivo della domestica. Sono sceso di sotto, preoccupato che potesse sentirsi poco bene. Mi sono sorpreso di trovarla già tutta vestita, pronta per uscire, con un borsone da viaggio in mano."

Artemio parlava senza emozione apparente, scegliendo ogni parola con attenzione. Ma Lapo capì perfettamente che l'amico era sconvolto. Non era difficile da indovinare, bastava guardare il pallore insolito che aveva dipinto in faccia.

"Non sapevo cosa dire. Ero sbalordito. In quel momento Barbara spalancò la porta d'ingresso e, con un piede già in cortile, si mise a strillare, come se un'orda di barbari la stesse infilzando con le alabarde. Urlava come una pazza, a voce tanto alta da farsi sentire per tutta la provincia:

'Basta, basta, Artemio! Ti supplico, basta! Ahia, mi fai male, abbi pietà!'

Io sono rimasto senza parole come un fesso. Poi lei è corsa verso la sua auto, strepitando ancora più forte, *'Ma non ti permetterò di ammazzarmi, questa volta. Ti denuncio. Vado subito a denunciarti. Non cercare di fermarmi.'*

Non avevo intenzione di seguirla o fermarla, ero in confusione totale. La sola cosa che mi è venuta in mente è stata di venire qua da te..."

"E come andavano le cose fra te e Barbara ultimamente?"

"Uhm, non troppo bene. Voglio dire che siamo diventati sempre più distanti l'uno dall'altra, negli ultimi anni e ancora di più negli ultimi mesi. Però non è che litigavamo." Artemio non riusciva a spiegarsi

Lapo capiva quello che il suo amico tentava di dire. Era impossibile litigare con Artemio; smorzava ogni possibile discussione polemica con il suo imperturbabile silenzio.

"Abbiamo ormai—come dire?—due vite parallele. Da parte mia, il mio amore per lei si è trasformato in una specie di affetto tranquillo, che per me potrebbe funzionare bene in una coppia di mezz'età, ma temo risulti troppo monotono per Barbara. Io sono davvero un tipo monotono, me ne rendo conto. Sono un uomo noioso, incapace di svagare mia moglie con una brillante vita di società, magari anche frivola, come piacerebbe a lei. Ho sempre provato a dare a Barbara tutto quello che desiderava. Non ho mai giudicato le sue scelte e ho sempre rispettato la sua indipendenza. Ma non posso cambiare la mia natura banale e poco brillante. Nonostante ciò non abbiamo mai parlato di divorzio. Pensavo che, alla nostra età, potessimo semplicemente aspettarci di essere dei buoni compagni che invecchiano assieme." Artemio sospirò e fece un gesto con la mano per significare che aveva già parlato anche troppo.

Lapo, anche per le esperienze della sua professione, era un buon conoscitore della natura umana e aveva già capito, ma chiese conferma.

"Quando Barbara ha lasciato casa vostra in macchina, hai notato se avesse qualche livido, qualche traccia di colpi in faccia?"

Artemio lo guardò stralunato, ma rispose senza la minima esitazione.

"Lei era come sempre; se fosse stata ferita in faccia, l'avrei visto. No, sono sicuro, non aveva nessun livido visibile…"

"Però tu lo sai come vanno le cose qua, a Capacciano. La gente chiacchiera…Anch'io ho sentito dei pettegolezzi. Alcune donne sostengono di aver visto lividi sul viso e sul collo di Barbara parecchie volte. Io non ho badato a queste dicerie. Se dovessi credere a tutto quello che racconta la gente…E poi ti conosco bene e mi fido ciecamente di te."

"Lividi? Non ho mai visto il minimo livido sulla pelle di Barbara. Non fa lavori di casa; abbiamo una domestica che si occupa di tutto. Al massimo potrebbe picchiare un gomito contro qualcosa. Ah, forse facendo ginnastica. Ma non mi pare possibile che possa essersi fatta dei lividi in faccia mentre era in palestra…Chissà, magari su una gamba. No, non ricordo di aver visto lividi neppure sulle sue gambe."

"Mi stai dicendo che Barbara frequenta regolarmente una palestra…"

"Sì, ci va almeno tre volte per settimana, ad Arezzo…" La voce di Artemio suonava molto sorpresa. Perché diavolo l'amico gli faceva delle domande del genere?

"Per il momento non importa. Chiariremo tutto un po' più tardi, spero. Adesso dovresti andartene a casa, Artemio. Mica si fermerà il mondo se non vai un giorno al lavoro nel tuo laboratorio. Vai a casa e cerca di tranquillizzarti. Io ti raggiungo appena possibile."

Lapo era assolutamente persuaso che l'amicizia fosse più importante degli affari, sebbene non volesse privare i suoi fedeli clienti dei servizi che si aspettavano. Per fortuna poteva contare sulla moglie, che si occupava del bar assieme a lui.

Rosalba Tramontina era sorridente ed estroversa; nessuno era mai riuscito a capire bene come aveva fatto Lapo, il silenzioso, a incontrarla a Napoli e a persuaderla a seguirlo a Capacciano; ma, malgrado le loro apparenti diversità, erano ormai sposati felicemente da parecchi anni. Rosalba rispettava e stimava le opinioni del marito, e raramente non le condivideva, anche quando lui non spiegava troppo chiaramente le sue motivazioni. Quando Lapo le disse che doveva assentarsi dal bar per tutta la giornata, perché doveva aiutare Artemio, Rosalba sorrise in segno di assenso e gli disse che avrebbe chiamato la figlia di un vicino e con la ragazza si sarebbero occupate benissimo del bar, anche senza la presenza di Lapo.

Lapo aveva appena raggiunto Artemio, che lo stava aspettando a casa, quando arrivò una macchina dei carabinieri. Venivano da Arezzo e Lapo ne fu stupito, perché anche a Capacciano c'era una stazione dei carabinieri, anche se piccolina.

In ogni caso i due giovani carabinieri erano cortesi e quasi a disagio nell'informare il signor Scansani che doveva andare subito ad Arezzo con loro, perché sua moglie aveva fatto denuncia contro di lui per maltrattamenti. Artemio e Lapo rimasero assolutamente attoniti. Senza alcuna reazione, Artemio, con profondo disagio, salì sull'auto dei carabinieri, mentre Lapo cercava di rassicurarlo,

"Adesso prendo la macchina, e vengo giù ad Arezzo con te. Non preoccuparti. Si tratta di sicuro di un malinteso."

Quando arrivarono alla stazione dei carabinieri di Arezzo, fecero accomodare Artemio su una sedia di legno, di fronte a un maresciallo di mezz'età, che lo scrutava dall'altro lato della scrivania, coperta di plichi e carte. Un carabiniere giovanissimo batteva svelto sulla tastiera di un computer. Persino il Presidente della Repubblica Italiana sembrava fissare Artemio con severità, dal suo ritratto incorniciato sul muro.

"Sua moglie ha presentato denuncia meno di due ore fa, presentando un certificato medico, rilasciato dal pronto soccorso dell'ospedale locale. Anche se non sarebbe stata necessaria una giustificazione medica, perché la signora ci ha mostrato direttamente gli effetti dei colpi inflitti sul suo volto. Ci ha detto che non era stata la prima volta che doveva subire violenze domestiche, ma non aveva ancora osato denunciarla per paura che lei potesse diventare ancora più violento." Il maresciallo, un ometto segaligno, che quasi si perdeva dentro l'uniforme, decisamente troppo grande, fissava Artemio con malcelato disprezzo. Da bambino aveva dovuto subire la presenza di un padre manesco e brutale e ancora ricordava le lacrime di sua madre, con la faccia gonfia di botte. Si sforzava sempre di essere obiettivo sul lavoro, e di non etichettare nessuno come colpevole in anticipo, ma detestava la violenza contro le donne, che trovava particolarmente odiosa. Quell'uomo grande e grosso non poteva suscitare alcuna simpatia nel maresciallo, che non poteva impedirsi di notare come una sola delle braccione di Artemio fosse più spessa del suo intero corpo.

"Può darmi la sua versione dei fatti?"

Artemio era troppo sbalordito per reagire con prontezza. Le parole gli s'incepparono e riuscì solo a dire,

"Non capisco; stava benissimo quando ha lasciato casa stamattina…"

Lapo Tramontina stava aspettando l'amico in corridoio. Ovviamente non gli era stato concesso di entrare nell'ufficio del maresciallo, dove Artemio era interrogato.

Di colpo gli venne in mente che conosceva bene una persona che aveva fatto carriera nel corpo dei carabinieri e che si era trasferita da Capacciano ad Arezzo. Chiese a un carabiniere che stava arrivando dal corridoio con tre tazzine di caffè su un vassoietto di plastica,

"Mi scusi, potrei parlare con il tenente Ciricola?"

"Uhm, al momento si trova a Roma. Se è per una denuncia, ci sono altri colleghi che la possono ascoltare…"

"No, no, niente denunce. Son qui solo per aspettare un amico." Lapo tornò a sedersi sulla panca.

Dopo un tempo che sembrava non avere fine, finalmente Lapo vide l'amico uscire dall'ufficio del maresciallo. Artemio sembrava essere improvvisamente invecchiato nell'ultima ora; ciondolava leggermente come un marinaio che ha perso l'abitudine di camminare sulla terraferma.

"Lapo! Grazie al cielo sei qua. Quelli dicono che io picchiavo Barbara regolarmente. Lei mi ha denunciato. Il maresciallo dice che c'è un'ordinanza restrittiva contro di me, per la quale non posso avvicinarmi a Barbara. Non ci capisco nulla. Il maresciallo dice che lei adesso non tornerà a casa, ma rimarrà in un posto sicuro e protetto. Proprio queste precise parole. Ma protetto da che? Da me? Mi hanno detto che per il momento mi lasciano a piede libero, ma devo restare a disposizione. Poi ci sarà un processo. Nel frattempo, se tento di vedere Barbara, scatterà subito l'arresto preventivo…"

Artemio non riuscì a continuare. Il suo turbamento evidente gli impediva di articolare altre parole. Lapo passò un braccio attorno alle spalle dell'amico e lo guidò fuori.

I due uomini erano seduti a un tavolino di un bar. Lapo aveva ordinato due grappe, perché pensava che ci volesse davvero qualcosa di forte, come se l'alcol potesse ripulire i loro pensieri da tutta la confusione.

"Io ti credo, Artemio. Adesso dipende da noi. Dobbiamo trovare le prove che Barbara ha raccontato solo balle. E ci riusciremo. Poi il maresciallo e gli altri si renderanno conto che tu non hai fatto niente di male." Lapo era quasi senza fiato per aver pronunciato una frase tanto lunga, ma sapeva che doveva sforzarsi di parlare.

"Cominciamo da quel poco che abbiamo. Perché diavolo Barbara dovrebbe essersi inventata tutta questa serie di storie per incastrarti? Per quello che ne so, possono esserci solo due ragioni principali che possono spingere una persona a comportarsi così: una passione insana o l'avidità."

Stranamente la grappa sembrava aver davvero schiarito le idee nella testa di Artemio. Si stava leggermente calmando e cercava di riflettere.

"Ah, come ti ho detto, le cose tra Barbara e me non sono andate troppo bene negli ultimi mesi. Lei era distante e si lagnava spesso, ma non abbiamo mai litigato violentemente, anche solo a parole. Avevo cominciato a pensare che avesse un altro. Non l'avrei mai maltrattata per questo; le cose cambiano, e se lei non poteva più essere felice con me, non le avrei messo i bastoni fra le ruote…"

"Uhm, forse questa è proprio la direzione in cui conviene indagare." A Lapo dispiaceva, perché paragonava mentalmente il suo matrimonio felice con Rosalba, al malinconico declino della vita di coppia di Artemio.

"Immaginiamo che tu e Barbara decidiate di divorziare. Se tu non intendi opporti, che bisogno c'è che lei metta su tutta questa commedia? A che scopo?"

"L'hai detto tu prima. Soldi…" Artemio non era stupido; aveva già trovato una spiegazione plausibile. Mandò giù l'ultimo sorso di grappa e aggiunse,

"Non sono molto ben informato; dovemmo chiedere a un avvocato…Tuttavia mi pare che, in caso di divorzio, se il marito è il colpevole nella coppia, corre il rischio di perdere gran parte dei suoi beni, in favore della moglie. Invece, se è la moglie ad avere la responsabilità per la rottura del matrimonio, mentre il marito ha sempre avuto un comportamento irreprensibile, lei non può avanzare diritti sui beni del marito, se la coppia è in regime di separazione di beni."

"E tu e Barbara siete…"

"Sì, siamo in separazione di beni. Quando ci siamo sposati, io non avevo ancora una buona posizione economica, mentre lei pensava di ereditare delle proprietà immobiliari dai suoi genitori. La separazione dei beni è stata un'idea di Barbara. Io ho accettato."

"Ma poi…" Suggerì Lapo, facendo contemporaneamente segno al cameriere, con due dita alzate, che volevano altre due grappe.

"Poi le cose non sono andate come si era immaginato. I miei affari sono decollati e ho azzeccato anche tutti gli investimenti, mentre abbiamo scoperto che il padre di Barbara era pieno di debiti e che l'unico appartamento che ancora possedeva, alla sua morte, ci è appena bastato per rimborsare i suoi creditori. Ma non è questo il punto. Io ho sempre cercato di dare a Barbara tutto quello che desiderava..."

"È chiaro. Lei vuole divorziare, senza rinunciare a tutto il denaro che può ottenere da te..."

"E la casa...Mi sa che voglia tenersi pure la casa e sbattermi fuori..."

Il secondo giro di grappa sembrò aumentare la lucidità dei due uomini.

"Tu non puoi avvicinarti a Barbara, altrimenti corri il rischio di farti arrestare." Lapo riassunse la situazione. "Ma io posso, senza rischiare niente. Naturalmente non andrò a cercarla direttamente. Mi conosce bene e sa perfettamente che sei il mio migliore amico. Ma posso andare a caccia d'informazioni alla palestra che lei frequenta."

"Aspetta un momento! Sembra, da quello che mi hai raccontato, che parecchie persone a Capacciano abbiano notato lividi e tracce strane sul viso di Barbara, almeno ultimamente. Ma io so di non averla mai toccata con intenzioni violente. Ah, per dirla tutta, non potevo neanche sfiorarla; da un bel po' si rifiutava di fare l'amore; pretendeva sempre di essere stanca o altre scuse..." Artemio si grattò la fronte riflettendo, senza aggiungere altri ricordi poco piacevoli. Non sarebbe servito."

Improvvisamente Lapo sobbalzò sulla sedia.

"Ci sono, Artemio! Ti ricordi di quando, qui in paese, abbiamo organizzato quella raccolta benefica di fondi? Abbiamo messo su una recita teatrale che è anche piaciuta parecchio. E chi si era occupata del trucco e dei costumi?"

"Barbara! È stata Barbara. Una volta, per Carnevale, mi ha anche truccato da mostro di Frankenstein. Mi ha pitturato in faccia delle cicatrici che sembravano proprio vere!" Artemio si mise quasi a gridare.

"Allora adesso sappiamo cosa fare." Lapo era molto determinato. "Da noi in paese non c'è nessun negozio specializzato, dove vendono trucchi per teatro, ma di sicuro ce ne sarà almeno uno qui ad Arezzo. Il tuo compito sarà di trovarlo, mentre io vado a indagare alla palestra. Ci terremo in contatto col telefonino. È meglio non perdere tempo. Adesso telefono a Rosalba per avvertirla che rientrerò tardi."

I due amici si separarono. Lapo guidò fino al centro commerciale, dove c'era la palestra di Barbara. Artemio, invece, essendo a piedi, perché era arrivato ad Arezzo sull'auto dei carabinieri, fece una ricerca veloce su Google e identificò due negozi che corrispondevano ai requisiti richiesti. Erano entrambi in centro. Decise di cominciare dal più vicino.

Lapo dovette ammettere con se stesso di non saper bene da che parte cominciare, quando parcheggiò l'auto nel vasto parcheggio della palestra. Rimase seduto in macchina, riflettendo su varie possibilità. Del tutto inaspettatamente gli capitò un colpo di fortuna. Un uomo uscì dalla palestra, camminando di fronte alla macchina di Lapo. Lapo lo seguì automaticamente con gli occhi, non avendo ancora deciso cosa fare. Con suo enorme stupore, Lapo vide l'uomo fermarsi vicino a un'auto sportiva, aprirne la portiera, sistemare la sua sacca da ginnastica sul sedile e mettere in moto. Lapo si sarebbe preso a calci da solo per non aver notato prima quella macchina. La conosceva bene, era la macchina di Barbara.

Lapo mise anche lui in moto e cominciò a seguire l'uomo. Il conducente era solo, non c'era traccia di Barbara. Lapo non aveva mai pedinato nessuno, ma si sentiva abbastanza sicuro, perché lo sconosciuto guidatore dell'auto di Barbara, non poteva riconoscere lui o la sua macchina. Lapo lo seguì fino al centro di Arezzo. Poi dovette fermarsi, quando l'uomo s'infilò dentro il garage sotterraneo di un piccolo hotel molto elegante e discreto.

"Bene, che mi venga un colpo! Scommetto che Barbara se ne sta nascosta lì in albergo. Ma chi diavolo è quel tizio? Come cavolo fa ad avere le chiavi della macchina di Barbara?" Si chiese Lapo.

Lo squillo improvviso del cellulare, che aveva dimenticato di passare in modalità vibrazione, lo fece sussultare. Artemio, che aveva la voce agitata, gli chiese di andare a prenderlo in una strada centrale.

"Ti racconto tutto quando arrivi, Lapo, sono stato fortunato."

"Prendi ancora un po' di spaghetti, Artemio." Rosalba Tramontina gli riempì il piatto con una generosa porzione di 'pasta cas' cucuzziell e ova', una ricetta che rivelava le sue origini campane. Lapo aveva invitato Artemio a cena e Rosalba aveva improvvisato un piatto delizioso con quello che aveva in cucina.

Lapo aveva spiegato alla moglie tutte le vicissitudini dell'amico. La natura generosa ed empatica di Rosalba l'aveva immediatamente fatta reagire nel modo più caloroso.

"Lapo, mica possiamo lasciare Artemio tutto solo nella sua casa vuota. Sarebbe troppo triste. Abbiamo una camera per gli ospiti, qui da noi. Altrimenti a cosa servono gli amici?" Poi, rivolgendosi direttamente ad Artemio,

"È fuori discussione lasciarti da solo stasera, povero Artemio. Ti aiuteremo a sistemare tutto. Io lo so che non faresti mai male a una mosca. Se sei il migliore amico del mio Lapo, c'è una buona ragione!"

Rosalba era già stata messa al corrente di quanto Artemio e Lapo avevano scoperto ad Arezzo, oltre a ciò non le era mai andata troppo a genio quella Barbara Scansani, che se la tirava davvero tanto, con tutte le sue arie da gran dama.

Rosalba era una donna pragmatica e positiva. Si sentì immediatamente coinvolta in quelle ricerche e voleva dare il suo contributo.

"Voi siete entrambi intelligenti. Io penso che si debba agire in fretta, senza dare a Barbara il tempo di perfezionare e imbellire il suo castello di bugie. Probabilmente il suo prossimo passo sarà di affidarsi a un avvocato e iniziare tutta la trafila burocratica per il divorzio, basandosi sulla denuncia per maltrattamenti che ha presentato contro Artemio..." Cominciò Rosalba, mentre sparecchiava la tavola e Lapo preparava il caffè. "È stato un colpo di fortuna che Artemio sia riuscito a trovare proprio il negozio dove Barbara ha acquistato i suoi trucchi di scena professionali, per far finta di essere coperta di lividi."

"Proprio così." Artemio si sentiva meglio, più calmo, dopo la cena abbondante e l'affettuosa comprensione degli amici. "Il commesso del negozio ha riconosciuto Barbara, quando gli ho fatto vedere una delle sue foto che avevo sul cellulare. Mi ha detto di ricordarsela benissimo, perché gli aveva chiesto consigli su come truccare due attori dilettanti che dovevano interpretare il ruolo di pugili."

"Sì, è ovvio." Continuò Rosalba, con un'espressione concentrata che le rendeva insolitamente serio il viso sempre sorridente. "Sappiamo di sicuro che tutti quei lividi che esibiva Barbara in giro per il paese erano solo effetto di trucco. Ma rimane il problema dell'occhio nero, innegabile, che inalberava quando è andata a sporgere denuncia contro Artemio dai carabinieri di Arezzo. C'è il referto del pronto soccorso…"

"Mi chiedo perché non ha fatto denuncia direttamente dai nostri carabinieri, qui a Capacciano…" Lapo era pensoso e rimase con la caffettiera a mezz'aria, dimenticandosi di riempire le tazzine.

"C'è un'unica spiegazione plausibile!" Rosalba aveva un tono trionfante. "Non aveva nessun livido o occhio nero quando era ancora a Capacciano, esattamente come ha potuto notare Artemio, quando lei se n'è andata di casa. Se lo è procurato in seguito…ad Arezzo. Con tutta probabilità è stato volontario."

"Ma, tesoro mio, come può essere mai possibile che Barbara si faccia del male da sola? È una cosa dolorosa!" Lapo guardò la moglie, come se potesse trovare tutte le risposte.

"Ah, Lapo, non essere ingenuo. La gente è pronta a fare di tutto, quando c'è uno scopo. Un occhio nero guarisce presto, se il colpo che l'ha provocato non è stato troppo violento da toccare i tessuti più profondi. Fa male, certo, ma ci sono gli antidolorifici e…" Rosalba era molto combattiva nel difendere la sua tesi.

"Hai seguito un uomo, che guidava l'auto di Barbara fino a un albergo di Arezzo, ma non l'hai visto uscire, malgrado tu abbia atteso per un bel po'. Dobbiamo scoprire chi è quell'uomo. Se è un complice di Barbara, potrebbe essere stato proprio lui a darle un pugno, forte abbastanza da procurarle un bel livido, ma non così violento da farle danni seri. Tu l'hai visto; puoi descrivercelo un po' meglio?"

"Boh, era già buio…" Lapo cercò di riordinare i ricordi. "Era alto e poteva avere massimo una trentina d'anni, ma non posso esserne sicuro. Aveva un taglio di capelli orrendo, rasato ai lati e sulla nuca, con un ciuffone in cima alla testa. Sai come molti ragazzi che si vedono in giro. Mi è sembrato anche parecchio tatuato. Mi pare li avesse pure in faccia…"

Rosalba non poter impedirsi di sorridere. Il marito aveva appena descritto un aspetto completamente diverso dal proprio, forse anche per via dell'età. Lapo non era vecchio, ma gli piaceva tenere i capelli non cortissimi e un poco arruffati, e odiava i tatuaggi.

"Possiamo ragionevolmente presumere che l'uomo sia il ganzo di Barbara. Inoltre abbiamo molte ragioni per sostenere che non debba neanche essere uno molto sveglio. Probabilmente i due sono molto sicuri di sé, per cui non hanno preso molte precauzioni. Lei gli ha perfino lasciato la macchina, con cui lui va in giro per Arezzo, senza immaginare che l'abbiamo già sgamato. Tutto ciò gioca in nostro favore." Rosalba sorrise più apertamente, aveva l'aria molto determinata. Aveva appena preso l'intera faccenda in mano.

Lapo e Artemio rimanevano in silenzio, che per loro era una condizione abituale e gradita, ma le loro menti erano ben connesse e seguivano ogni parola di Rosalba con assoluta attenzione. Lei era diventata il leader, e loro l'avrebbero seguita.

"Dobbiamo raccogliere tutte le prove contro Barbara; abbiamo già identificato il movente. Poi consegneremo tutta la documentazione a quel carabiniere che conosciamo, quello che una volta comandava la nostra piccola stazione locale…"

"Emilio, Emilo Ciricola. Ha fatto una meritata carriera, adesso è tenente, ma ho sentito dire che potrebbe presto essere nominato capitano. Lo so a chi ti riferisci, cara. Ho chiesto di lui quando ero con Artemio alla stazione dei carabinieri di Arezzo, ma mi hanno detto che era a Roma, per servizio, credo. Una persona per bene. Sono sicuro che ci ascolterebbe e poi mica rimarrà a Roma per sempre." Lapo era fiero della determinazione della moglie.

Artemio non aggiunse parola. Si sentiva sconfortato e infelice. Si stava rendendo conto concretamente che sua moglie, non solamente lo tradiva, ma anche era pronta a spedirlo in galera, solo per estorcergli tutto quello che poteva col divorzio. Tuttavia non riusciva a essere geloso dell'amico, che aveva una moglie così devota e solidale. Era felice per lui. L'amicizia tra uomini è di rado avvelenata dall'invidia se è costruita su basi solide.

"Artemio, non c'è nulla che tu possa fare, poiché hai ricevuto un'ordinanza restrittiva, che t'impedisce di avvicinare tua moglie. Non possiamo rischiare di infrangere la legge, anche solo marginalmente. Malgrado questo, dobbiamo assolutamente continuare a indagare su Barbara e quel suo spasimante tatuato. Barbara ti conosce bene, Lapo, e tu sei uno che si fa notare. Allora è deciso. All'albergo ci andrò io, per tenere d'occhio Barbara."

Rosalba non aveva chiesto nessuna approvazione, aveva già deciso. Lapo aveva dei dubbi.

"Ma, tesoro, Barbara conosce anche te…"

"Scommetto che non saprebbe dire chi sono, se m'incontrasse fuori dall'ambiente dove è abituata a vedermi, dietro il bancone del nostro bar. E poi ci viene tanto di rado al 'RaBARbaro', forse non è un posticino abbastanza chic per lei. Scusami, Artemio, naturalmente non sto parlando di te." Rosalba lanciò un'occhiata affettuosa all'uomo, che non era solo un buon amico, ma anche un cliente abituale del bar. Continuò poi con tono vivace.

"Posso mettermi una parrucca bionda e un paio di occhiali. Sarò irriconoscibile. Non penso che Barbara osi andarsene a passeggio per Arezzo con quel tipo. Probabilmente se ne resterà rintanata in albergo per un po'. Ma non è un hotel molto grande. La posso trovare facilmente. Naturalmente sarebbe importantissimo poter ascoltare quello che si dicono lei e il suo complice...Ma come facciamo a piazzargli uno di quei cosi per ascoltare le conversazioni, come si chiamano? Cimici?"

Lapo scuoteva la testa, per metà divertito e per metà preoccupato.

"Ma abbiamo appena deciso di non fare niente d'illegale, tesoro mio; per cui, anche se sapessimo come usare questi marchingegni elettronici...Beh, non sarebbe una buona idea, lo sai."

"Lo so, lo so. Ma se solo potessimo sentire una loro conversazione, da lontano e..."

Artemio, che era rimasto in silenzio, apparentemente distratto da chissà quali altri pensieri, di colpo parlò, suggerendo qualcosa d'inatteso.

"Piero, il vecchio Piero Badaloni..."

Piero Badaloni era con tutta probabilità uno dei clienti più assidui del 'RaBARbaro'. Passava al bar quasi tutta la giornata, seduto in un angolo, leggendo i giornali e facendo le parole crociate. Era di età indefinibile, o forse proprio non aveva più età. Ma era innegabilmente molto vecchio. Non aveva famiglia, a Capacciano gli volevano tutti bene. Era di carattere gentile, aveva una certa cultura ed era sempre di buon umore, anche se la vita non gli aveva fatto troppi regali. Viveva di una piccola pensione d'invalidità, perché era nato sordo-muto. Aveva imparato tuttavia a pronunciare i suoni necessari per articolare frasi, e sapeva esprimersi con una strana voce metallica, senza tonalità, ma sapeva leggere perfettamente sulle labbra di tutti.

"Badaloni ci vede ancora benissimo e, come sapete, può leggere sulle labbra anche da lontano. Quante volte ci ha mostrato questa sua capacità, anche solo per divertimento! È una splendida idea. Sei un genio, Artemio!" Rosalba si mise subito a programmare i dettagli del piano.

"Il vecchio Piero non ha niente da fare tutto il giorno. Scommetto che gli piacerebbe molto prendere parte a questa insolita avventura, che comprenderebbe per lui il soggiorno in un bell'albergo e qualche ottimo pasto al ristorante. Adesso è troppo tardi e Artemio ha bisogno di riposo. Domani parleremo con Piero Badaloni e…Oh, fidatevi, ce la faremo."

Una donna bionda e graziosa, con un paio di frivoli occhiali con la montatura rossa, sorrise al portiere, che le ricambiò il sorriso, dall'altro lato del banco della reception.

"Buon giorno, vorremmo due camere, una per me e una per mio zio." Lei mise la mano con gentilezza sulla spalla di un uomo molto anziano, con l'aria allegra, che accennò un saluto col capo.

"Mio zio, purtroppo, è sordo, ma capisce tutto leggendo le labbra di chi gli sta di fronte." Spiegò lei.

Fortunatamente c'erano proprio due camere libere, la stagione turistica era appena all'inizio. I due nuovi clienti furono accolti con cortese professionalità; un ragazzo in divisa da fattorino li accompagnò alle loro stanze, portando le loro due borse da viaggio.

Rosalba, poiché di lei si trattava, dopo aver controllato che il vecchio Piero, il quale aveva indossato il suo completo migliore, fosse ben sistemato, gli sussurrò, tenendosi bene di fronte a lui.

"Piero, è meglio che tu non mi risponda a parole, perché non riesci bene a controllare il volume della tua voce quando parli; non è un rimprovero, lo sai, ma… Io cercherò di capire i tuoi gesti, i tuoi sguardi, e, in caso, puoi scrivermi qualche parola su un taccuino."

Piero annuì con entusiasmo. Aveva una mente acuta e una passione per risolvere quiz ed enigmi. Ringraziava il cielo per avergli offerto un'esperienza tanto nuova e divertente, che spezzava la monotonia delle sue giornate.

"Ora andiamo di sotto, nella hall. Ci prendiamo una tazza di tè o qualsiasi cosa tu voglia, e stiamo a vedere quello che capiterà. Se la fortuna ci aiuta, magari riusciremo a incrociare Barbara e il suo amichetto tatuato. Se fosse così, tu devi fissare per bene le loro labbra, con una certa discrezione, e riferirmi tutto quello che si dicono."

Piero mimò "OK" con la mano sinistra e sorrise radioso.

"Chiederò al portiere di farti aver una copia de "La Settimana Enigmistica", Piero, così ci passi il tempo quando vai a dormire…" Rosalba provava affetto per quel simpatico vecchietto, che aveva mostrato un entusiasmo giovanile, quando gli avevano chiesto di aiutarli.

Stavano sorseggiano un ottimo tè, servito con piccola pasticceria, e sembravano proprio un nipote premurosa e il suo dolce, vecchio zio. Improvvisamente Piero, che dalla poltrona dov'era seduto, aveva una visione più diretta verso l'ingresso dell'hotel, si agitò e picchietto sul braccio di Rosalba, poi indicò la propria faccia e, con l'indice, tratteggio immaginari disegni sulle sue vecchie guance ben rasate.

Rosalba capì immediatamente e sussurrò,

"Hai visto un uomo tatuato, vero? Ma non sappiamo se è quello che stiamo cercando; molti giovanotti, praticamente tutti, sono tatuati oramai, e noi abbiamo solo la descrizione di Lapo su cui basarci e…"

Con sorprendente agilità, Piero balzò in piedi e si precipitò verso il banco della reception.

Quando, poco dopo, ritornò indietro da Rosalba, i suoi occhi, parzialmente nascosti in un reticolo di rughe, scintillavano. Rosalba si accorse, per la prima volta, che Piero aveva luminosi occhi verdi, da gatto. Il vecchio tirò fuori di tasca un taccuino e una biro e rapidamente tracciò qualche parola, che mostrò subito a Rosalba.

—Stanza 495. Fatto finta andare gabinetto, vicino a bancone. L'uomo deve essere quello. Ha prenotato tavolo per due, a cena—

"Piero, sei fantastico!" Rosalba baciò il vecchietto su entrambe le guance. "Allora i due ceneranno qui in albergo. Noi ci saremo. Ora vado anch'io a riservare un tavolo.

Un cameriere alto, con l'aria annoiata, condusse Rosalba e Piero al tavolo che avevano prenotato nell'elegante, piccolo ristorante dell'albergo. Seguendo automaticamente la procedura abituale, senza chiedere se andasse bene anche per loro, il cameriere fece accomodare Rosalba in modo che fosse rivolta alla sala, e Piero verso alla parete.

Il talento di Piero per la lettura labiale sarebbe stato annullato da quella sistemazione, così, mentre il cameriere andava a prendere i menù, i due si scambiarono velocemente di posto.

Il cameriere sollevò impercettibilmente un sopracciglio, senza fare domande sulle scelte dei clienti e chiese, con voce indifferente, se i signori desiderassero bere un aperitivo, mentre studiavano il menù.

La cena iniziò con calma. Rosalba aveva ordinato per entrambi, dopo essersi consultata con lo sguardo per essere rassicurata di non andare contro i gusti di Piero. Voleva offrirgli il meglio, per ringraziarlo di aver accettato senza esitazioni di farsi trascinare in quella stravagante avventura. Piero sembrò gradire molto gli antipasti. Sorrideva silenzioso a Rosalba, poiché lei gli aveva chiesto di non sforzarsi ad articolare parole. Non capitò nulla fino a quando il cameriere, che ora sembrava di umore quasi meditabondo, servì loro un piatto sontuoso di fritto misto toscano. Piero rimase con la forchetta a mezz'aria e Rosalba capì che aveva notato qualcosa d'importante, che lei non poteva vedere, dando le spalle alla sala.

Piero si sforzò di sillabare silenziosamente,

"L' u-o-m-o e l-a m-o-g-l-i-e di A-r-t-e-m-i-o..."

"Sono arrivati? Sono qui?" Rosalba controllo l'impulso istintivo di voltarsi a guardare. Si rendeva conto che era meglio girare le spalle ai nuovi arrivati; anche se indossava una parrucca bionda, c'era sempre il rischio che Barbara la riconoscesse.

Il vecchio Piero fece segno di sì; aveva l'aria molto concentrata, e con la mano invitò Rosalba a starsene zitta. Il resto della cena trascorse in assoluto silenzio al tavolo di Rosalba e Piero. Rosalba mangiucchiò appena, anche se il cibo era eccellente, perché troppo presa da altri pensieri. Piero non lasciò neanche una briciola nei piatti, pur continuando a tenere gli occhi puntati sulla coppia al lato opposto della sala.

Rosalba non vedeva l'ora di andarsene dal ristorante e salire nelle loro camere. Bruciava di curiosità. Dall'espressione di Piero si vedeva che c'erano novità importanti.

Rosalba e Piero se ne andarono appena possibile, lasciando perdere il caffè, perché non volevano rischiare di farsi notare nella sala che si stava svuotando. Piero aveva fatto intendere a Rosalba che aveva già potuto capire l'essenziale.

Rosalba chiuse dietro di sé la porta della stanza di Piero, dove si erano sistemati entrambi; si lasciò cadere su una poltroncina e quasi urlò,

"Piero, raccontami tutto. Nessuno può sentirci in questa stanza!"

"Questo è sicuro!" Piero parlò con la sua voce stranamente innaturale. "Infatti nemmeno io posse sentire qualcosa!" E scoppiò in una giovale risata.

Rosalba si rese conto di quanto fosse sbagliato definire Piero sordo-muto. Era nato affetto da sordità totale, ma aveva la capacità di usare la voce; semplicemente era stato molto difficile per lui impararlo, dal momento che non sentiva alcun suono su cui basarsi. Quel vecchietto era un uomo talmente positivo e auto-ironico. Rosalba si trovava benissimo con lui e le dispiaceva di non aver sviluppato un rapporto più amichevole con Piero in precedenza.

Piero non voleva farla attendere troppo, ma adorava quel momento d'introduzione, come un artista sul palco, che lascia il pubblico in attesa prima dell'esibizione.

"Quella donna, la moglie di Artemio, è un'imbrogliona. Si è inventata tutta una macchinazione con il suo moroso. Si parlavano tutti a paroline dolci, facendosi le fusa come gattini, ma principalmente commentavano i particolari della loro truffa ai danni del povero Artemio. La cosa più ridicola è che ha davvero un occhio nero, ma è stato il suo amichetto a farglielo. Si lagnava, tutta svenevole, che ancora le fa male, e lui si scusava, sdolcinato, dicendo che aveva fatto più male a lui che a lei doverla colpire, ma era stato necessario, però aveva fatto attenzione a non usare troppa forza." Piero sembrava francamente divertito, ma scosse il capo. " Quella donna non è mica tanto normale, ha chiesto al suo amante di menarla, per avere una prova concreta da scaricare addosso al suo povero marito. Non ha solo tradito quel poveretto di Artemio, ma vuole anche portargli via tutto il patrimonio e spenderselo con quel bellimbusto dall'aria scema, che deve avere almeno vent'anni meno di lei."

Rosalba telefonò immediatamente a Lapo, per raccontargli come lei e Piero avessero trovato assoluto riscontro a tutti i sospetti su Barbara.

"Magnifico, tesoro mio. Adesso restate lì fino a domattina e riposatevi, poi domani decideremo, tutti insieme, cosa fare. Ringrazia tanto Piero da parte nostra. Artemio è gratissimo a tutti e due." Lapo si sentì esausto, perché non aveva mai parlato così tanto come negli ultimi due giorni. Era orgoglioso di sua moglie e, al tempo stesso, era triste per l'amico, che lo stava fissando interrogativamente. Era obbligato a confermargli che la sua moglie infedele era veramente decisa a rovinargli la vita, senza alcuno scrupolo.

"Tutto è chiaro adesso, ma ancora non abbiamo prove reali. Dobbiamo portare qualcosa di concreto alle autorità di polizia, altrimenti sarà solo la parola di Artemio contro quella di

Barbara." Si erano riuniti intorno alla tavola da pranzo di Lapo e Rosalba. Il vecchio Piero faceva anche lui parte del gruppo oramai; si era guadagnato il merito sul campo, dopo il ruolo fondamentale che aveva avuto ad Arezzo.

E fu proprio Piero, una volta analizzata la situazione, a suggerire come procedere.

"Secondo me, l'anello debole del complotto è l'uomo, quel giovanotto tatuato e palestrato. Ha proprio la faccia da scemo. Il cervello dell'imbroglio è certamente Barbara."

"Uhm, allora dobbiamo far pressione su di lui per farlo crollare…Vediamo…che cosa può impressionare un fanatico della palestra, che si fa facilmente manipolare da una donna matura?" Lapo si guardò attorno, cercando una risposta negli occhi di sua moglie e degli amici.

"Di solito i giovanotti di quel tipo fanno tutto a parole e molto poco a fatti. Non sono dei veri bulli e abbassano subito la cresta davanti a qualcuno di più grosso che mette loro soggezione." Artemio parlò in tono sarcastico, logicamente era molto arrabbiato, ma sapeva controllarsi,

"Lo so che non posso immischiarmi in prima persona, ma credo di potervi aiutare. Bisogna trovare un leader, qualcuno che conosca la situazione e la sappia padroneggiare, e questo puoi essere solo tu, Lapo."

"Ma leader di che?" Lapo era perplesso, anche se dentro aveva già in parte capito.

"Una task force. Chi sono le persone più adatte allo scopo? Devono essere gente di fiducia, degli amici. Programmeremo tutto accuratamente, per non sottoporli a rischi legali... Andiamo, non è difficile! Sto pensando ai tre fratelli Ripamonti!"

Massimo Fassone, che preferiva farsi chiamare Max, attraversò il parcheggio, dirigendosi verso l'area riservata alle moto e alle biciclette. Era già buio, e lui voleva passare da casa a cambiarsi, prima di andare da Barbara. Era scocciato perché la donna gli aveva detto che sarebbe stato meglio se lui non avesse più usato l'auto sportiva di lei, malgrado avesse sempre fatto attenzione a non farsi notare quando la raggiungeva in albergo. Tornare alla sua vecchia moto era deprimente, dopo il sottile piacere di stare al volante della splendida spider di Barbara. Non era più molto sicuro che le cose potessero davvero funzionare tra loro; a volte Barbara pretendeva troppo e tendeva a dominare...

D'altra parte l'idea di poter cambiare completamente il suo tenore di vita e di godere di certi lussi che non aveva mai potuto permettersi, col suo magro stipendio di istruttore di Pilates, lo facevano sentire ardito.

In quel preciso momento quattro marinai sbucarono fuori dal nulla e lo circondarono.

Erano tutti molto alti, più di lui, anche se Max era di bella statura. Indossavano assurdi abiti marinareschi, che sembravano più ispirati agli spot pubblicitari per i profumi di Jean-Paul Gaultier, piuttosto che alle normali uniformi di marina. Ma Max non fece attenzione a certi dettagli. Era stupefatto e preoccupato. I quattro uomini, con identiche magliette a righe orizzontali bianche e blu e con berretti bianchi da marinaio, erano anche tutti forniti d'impressionanti baffoni. Nel parcheggio non c'era nessun altro. Max fissava come ipnotizzato le dimensioni dei muscoli di tre dei quattro marinai.

Finalmente mormorò con apprensione,

"Che volete da me? Non ho soldi. Volete il mio telefonino?"

"Il tuo telefonino? Ma certo che no. Siamo mica ladri noi. Vogliamo solo parlarti, Max."

Il meno grosso dei quattro, che tuttavia era alto anche lui, parlò con calma, ma con un tono che a Max dette i brividi.

"Ma come sapete il mio nome?"

"Non ha importanza, Max. Sappi che ti conosciamo bene." Il portavoce dei marinai mise la mano sull'avambraccio di Max, mentre gli altri tre uomini si fecero ancora più vicini, ne poteva sentire il respiro.

"Vedi, Max, davvero non abbiamo cattive intenzioni…" fece una pausa, poi continuò, "Almeno per il momento. Invece vogliamo

aiutarti. Ti sei messo in un bel ginepraio, Max."
L'uomo tirò un sospirone e altrettanto fecero gli altri marinai, scuotendo i testoni con apparente mestizia.

" Vedi, Max, le cose possono davvero finire male per te. Sono sicuro che non ti faccia piacere essere arrestato per la frode che stai organizzando con la tua più che stagionata amichetta. Ti garantisco che non è ancora troppo tardi per rimediare. Noi siamo al corrente di tutto, ma un momento di debolezza in un ragazzo come te può capitare. Noi possiamo evitarti ogni brutta conseguenza. Siamo qui per aiutarti, te l'ho detto. Guarda qua, abbiamo preparato una dichiarazione che devi solo firmare. Ti diamo la nostra parola d'onore che non ti succederà niente di brutto. Devi smettere immediatamente di frequentare la signora Barbara Scansani. Non la devi più cercare per telefono o in nessun altro modo. Adesso leggi la dichiarazione prima di firmarla, come si conviene. Se accetti, per mostrarti la nostra buona fede, ti offriamo una somma di denaro che ti permetterà di farti un viaggetto e stare via per qualche giorno. Se invece rifiuti, ah Max, con nostro enorme dispiacere ci obbligherai a tornare a trovarti e a fare a pezzi ogni ossicino del tuo stupido corpo, e poi di trascinare quello che ne resta dai carabinieri,"

Lapo era sfinito, davvero aveva dovuto parlare troppo a lungo per le sue abitudini. Ma non avrebbe mica potuto lasciare questo compito a uno dei Ripamonti. Erano ottime persone, e avevano generosamente accettato di unirsi a lui in questa discutibile impresa. Avevano perfino accettato di mascherarsi in quel modo ridicolo—una precauzione per renderli irriconoscibili—Lapo non poteva affidare loro un compito al di sopra delle loro capacità. Allungò a Max il documento che aveva stilato e stampato. Ci volle meno di quello che aveva previsto perché Max prendesse la sua decisione.

"È, insomma…è davvero sicuro che non sarò inquisito? Ho dato un piccolo pugno a Barbara perché me l'ha chiesto lei…" Il giovanotto tatuato non si rendeva conto di quanto fosse grottesco.

"Lo sappiamo, lo sappiamo, Max. Ma noi abbiamo solo bisogno della tua confessione, uhm, volevo dire testimonianza scritta e la tua cooperazione sarà considerata sufficiente per innocentarti di tutto. Ti assicuro che non avrai grane,"

Max lesse e firmò Lapo gli dette una busta contenente 1500 euro. Artemio aveva ridacchiato, dicendo che mai si sarebbe immaginato di fare un giorno un regalo all'amante della moglie, ma che era un prezzo abbastanza basso per sbarazzarsi di entrambi. Max, ancora con le gambe molli per la paura, salì sulla sua moto e scomparve nell'oscurità.

"Adesso torniamocene a Capacciano. Lo spettacolo è finito." Lapo si sentiva sollevato.

"Lapo, possiamo toglierci i baffi finti adesso?" Chiese Primo Ripamonti, anche a nome dei fratelli.

Il tenente Emilio Ciricola dei carabinieri di Arezzo era rientrato da Roma la sera precedente. Il mattino dopo, appena arrivato in ufficio, un carabiniere lo informò che c'erano due signori che lo stavano aspettando, e che non volevano parlare con nessun altro.

Quando vide i suoi visitatori, il tenente Ciricola sorrise,

"Lapo, Artemio, che piacere vedervi! Come posso aiutarvi?"

Artemio, che aveva l'aria affaticata ma tranquilla, e che aveva già provveduto a far bloccare tutti i conti bancari per i quali la moglie aveva la firma, spiegò succintamente,

"Mia moglie, che spero presto diventi la mia ex, ha tentato di denunciarmi per violenza domestica. In realtà è un imbroglio organizzato da lei…Abbiamo indagato per conto nostro, ed ecco qui tutte le prove certificate…"

Emilio ascoltò con attenzione e sfogliò il fascicolo.

Una settimana più tardi Artemio presentò istanza di divorzio, assistito da un avvocato molto competente, provando senza possibile dubbio che

Barbara era stata la sola parte responsabile e che, dunque, non avrebbe avuto diritto ad alcuna compensazione finanziaria.

L'Esperimento

"La vita è breve, l'arte vasta, l'occasione istantanea, l'esperimento pericoloso, il giudizio difficile.."
~ Ippocrate ~

Fu il postino a trovare il gatto morto stecchito. Per essere esatti, il postino ci incespicò sopra. Dopo aver tirato una bestemmia ed essersi involontariamente esibito in una specie di passo di danza saltellante per restare in equilibrio, si rese conto, con un senso di disgusto, che quell'ammasso peloso e molliccio, era il cadavere di un felino, drammaticamente simile a quello che era stato il gatto pigro e goloso della signora Caretti.

L'uomo provò immediatamente un senso di vivissima preoccupazione all'idea di dover comunicare l'infausta notizia alla scostante e burbera padrona del gatto, che lo stava fissando, ancora ignara, da dietro i vetri della finestra.

La signora Caretti era una maestra elementare in pensione, che aveva terrorizzato generazioni di bambini con la sua severità, ma era anche riuscita a inculcare nelle loro menti solide basi di cultura e educazione.

Il postino era stato anche lui uno dei suoi allievi; per tale ragione era assolutamente terrorizzato dal fatto di doverla informare, perché non era certo che la signora maestra avrebbe rispettato il proverbio 'Ambasciator non porta pena'. In ogni caso non si sarebbe certo aspettato da lei la reazione che invece avvenne.

La vecchia signora Caretti corse fuori dalla porta, con imprevedibile rapidità di movimento, e crollò in ginocchio vicino al gatto defunto, piangendo tutte le sue lacrime.

Il postino ne fu commosso; se ne rimase in piedi vicino a lei, senza saper bene cosa fare.

"Mi dispiace tanto, signora Caretti, ma proprio tanto. Posso fare qualcosa?"

L'anziana maestra, che aveva stretto tra le braccia il cadavere del suo gatto, trafisse il postino con un'occhiataccia,

"Certo che c'è qualcosa che puoi fare. Aiutami a rimettermi in piedi, perché sono bloccata dalla mia artrosi!"

Qualche minuto più tardi, seduta alla tavola della sua cucina, la signora Caretti continuava a singhiozzare.

"Hanno ammazzato il mio Pisolino. Non riesco a capire perché; non dava fastidio a nessuno. Povero Pisolino mio!"

"Forse Pisolino non è stato ucciso volontariamente da qualcuno; magari si tratta di un incidente..." Il postino cercava di consolarla.

"Eri già scemo da piccolo, Giulio. Hai sempre parlato a casaccio, senza riflettere." La signora Caretti rimproverò il postino, che si sentì di nuovo come quando aveva sette anni. Poi lei continuò,

"Guarda bene il mio Pisolino, non è ferito, ma vedi queste tracce di bava attorno alla sua bocca? Ha vomitato prima di morire. L'hanno avvelenato, è certo. Guarda!"

L'ultima cosa che Giulio il postino desiderava fare in quel momento era esaminare la bocca di un gatto stecchito, ma si sforzò di dare almeno un'occhiata. Sembrava proprio che la signora Caretti avesse ragione. Gli faceva davvero male vedere il dolore della vecchia signora, così si offrì di aiutarla a dare onorata sepoltura a Pisolino.

"Lei ha ragione, signora Caretti, ma, purtroppo, non possiamo fare altro per Pisolino. Come lei sa, c'è un regolamento comunale che impone di portare le carcasse di animali alla discarica, per farle cremare. Ma, siccome Pisolino non era un animale di grossa taglia e lei possiede un giardino abbastanza grande, bene…penso che potrebbe essere di conforto per lei se lo seppellissimo in un angolo del giardino, in un posto che a lui piaceva. Io posso farlo per lei, se le fa piacere. Potremmo metterlo in una bella scatola, ed io scaverò una fossa nel posto che lei mi indicherà e…"

La signora Caretti imprevedibilmente sorrise tra le lacrime e sussurrò.

"Forse ti ho mal giudicato, Giulio. Con gli anni sei diventato meno scemo. Grazie."

La vittima successiva fu un cane. Questa volta non fu Giulio il postino a trovarlo. Il morto era Pancho, un cane di taglia media, mezzo bulldog e mezzo chissà-che-altro. Il suo padrone, il garagista dell'autofficina locale, trovò Pancho senza vita in un angolo del cortile.

Mentre nessuno aveva avuto notizia della prematura dipartita di Pisolino, all'infuori della sua disperata padrona e di Giulio, molti abitanti di Capacciano furono informati di questo nuovo crimine, perpetrato da un anonimo avvelenatore ai danni di Pancho, perché il garagista espresse pubblicamente la sua rabbia e minacciò vendette.

Ma si trattò di una tempesta in un bicchier d'acqua, perché, dopo qualche giorno, nessuno in paese si ricordava più dell'assassinio, reale o presunto, di Pancho, regolarmente incinerato.

Il garagista andò al canile e rientrò a casa con un nuovo cane, una fantasiosa mescolanza tra un setter irlandese e un dalmata, che, per ragioni imperscrutabili, chiamò Garibaldi.

La signora Caretti, al contrario, non si sentiva di rimpiazzare Pisolino. Era in lutto per il suo gatto e le sarebbe sembrato di tradire la memoria di Pisolino, se avesse preso un altro animale per riempire il vuoto che lui aveva lasciato. Il suo cordoglio le aveva fatto adottare un atteggiamento molto più gentile verso Giulio il postino, che adesso veniva invitato abbastanza spesso a entrare per prendere un caffè o una fetta di torta, quando passava a consegnare la posta.

Secondo Ripamonti stava osservando Clementina con affettuosa preoccupazione. Lei non stava bene, anche se non si lamentava. Quando lo aveva visto arrivare, gli era andata incontro, come faceva sempre; ma Secondo aveva notato che Clementina non riusciva a camminare scioltamente come al solito, ma sembrava fare un certo sforzo.

"Clementina, che cosa ti è successo? Hai male?"

Clementina non rispose, non per scortesia, ma semplicemente perché era una scrofa, che Secondo teneva in un recinto separato, considerandola un animale da compagnia. Tuttavia Clementina riuscì a far capire a Secondo che davvero non si sentiva per niente bene, cominciando a vomitargli direttamente sugli stivali di gomma.

"O cielo, o santissimo cielo, povera la mia Clementina!" Secondo era preoccupatissimo adesso. Escluse la possibilità di avvelenamento da cibo, perché i maiali sono di stomaco forte e mangiano di tutto, senza gravi conseguenze, dunque pensò subito a un caso di febbre porcina da virus. Immagini drammatiche di una progressiva decimazione del suo allevamento di maiali cominciarono a scorrergli davanti agli occhi. Poi pensò che gli altri suini della sua fattoria avevano tutti l'aria di essere in ottima salute e che erano separati da Clementina.

"Hai bisogno del veterinario, Clementina. Non preoccuparti; adesso lo chiamo."

Il veterinario venne appena possibile, e rassicurò Secondo che Clementina aveva già superato il peggio. E davvero sembrava già essersi ripresa.

"Tu lo sai, Secondo, gli animali hanno più risorse di noi. Clementina ha espulso dal suo corpo una buona parte di quello che le aveva provocato il malessere, lei è forte e ha reagito positivamente. Tuttavia è abbastanza strano. Sono sicurissimo che non si tratti di nessun virus; mi sembra che abbia sofferto di una specie di avvelenamento."

"Ma lei non si allontana mai dalla fattoria e mangia quello che le porto io. Come avrebbe fatto a ingoiare qualcosa di velenoso?" Secondo era sollevato e perplesso.

Il veterinario aveva ragione, e Clementina stava davvero guarendo rapidamente; si avvicinò a Secondo con un movimento abbastanza vispo, e gli strofinò il grazioso grugnetto rosa contro la coscia.

La dimora della signora De Baronis era troppo grande e sontuosa per essere definita semplicemente una casa, ma non era pomposa abbastanza da essere chiamata un palazzo. Era una bella villa elegante, circondata da un magnifico parco, a un paio di chilometri a nord di Capacciano, sulla sommità di una collina.

La signora De Baronis viveva appartata e di rado la si vedeva per le strade del paese. La sua vita riservata non dipendeva da una mancanza di sociabilità, ma dalla sua età avanzata. Ilaria De Baronis aveva novantatré anni ed era ancora perfettamente lucida e vivace mentalmente, anche se soffriva ormai di qualche difficoltà nella deambulazione. Aveva una solida e invidiabile posizione economica che le permetteva di avere alle sue dipendenze un giardiniere e una cuoca/cameriera e di concedersi tutti i piccoli piaceri della vita di cui ancora sentiva il bisogno. Era vedova da così tanti anni, che ormai quasi non ricordava più il marito. Non aveva più parenti, ad eccezione di un pronipote, che veniva a trovarla di tanto in tanto. Malgrado queste premesse, che potevano far pensare diversamente, l'anziana signora non era né malinconica, né depressa; amava ancora la vita e, un paio di volte l'anno, ingaggiava un autista e, in compagnia della sua affezionata cameriera, se ne partiva per il mare. Le piaceva tantissimo l'isola d'Elba, dove si era comprata una casetta di villeggiatura, piccolina, ma confortevole.

La signora De Baronis era certamente in buonissima salute per l'età, e aveva un eccellente appetito. Ci teneva ancora alla sua indipendenza, per quanto possibile, e la sua cameriera non dormiva alla villa, ma i sonni sicuri dell'anziana signora erano protetti dalla presenza del giardiniere, che viveva nella casetta del custode, all'ingresso del parco.

Carolina, la cameriera, era anche un'ottima cuoca; preparava sempre la cena alla signora De Baronis, prima di andarsene, e arrivava il giorno seguente, in tempo per servirle la colazione.

In quei giorni la vecchia signora non era sola, poiché il pronipote era venuto a stare con lei per un breve periodo. A lei faceva piacere avere un po' di compagnia, anche se non aveva molto da dirsi col pronipote, un uomo abbastanza qualunque, sulla quarantina, che non era né troppo brillante, né troppo colto. Tuttavia la signora De Baronis era felice di avere un ospite a tavola, per fare un po' di conversazione durante i pasti.

Carolina non era sposata e viveva in una sorta di simbiosi serena e affezionata con il fratello Giulio, il postino di Capacciano. Andavano molto d'accordo, e con i loro due stipendi potevano vivere più che bene, anche se senza lussi eccessivi.

"Mi sa che, presto o tardi, la signora De Baronis mi chiederà di trasferirmi da lei a tempo pieno." Carolina aggrottò la fronte, considerando questa quasi imminente prospettiva, mentre riempiva il piatto del fratello con un'abbondante porzione di spezzatino di cinghiale. "Certamente mi aumenterebbe di molto il salario. Ma non è questo il punto. Non mi va l'idea di rinunciare alla mia parziale indipendenza e, più ancora di tutto, non sarei felice di lasciarti solo."

Giulio pensava che gli sarebbe dispiaciuto rinunciare alle delizie che gli cucinava la sorella; e poi avrebbe dovuto farsi carico da solo delle spese di casa. Ma poi si disse che, con tutta probabilità, si stava dimostrando troppo egoista, perché non aveva mai voluto ufficializzare nessuna delle sue effimere relazioni sentimentali e sposarsi, dal momento che aveva creato un equilibrio domestico perfetto con Carolina.

"Voglio bene davvero alla signora De Baronis. " Continuò Carolina, seguendo i suoi pensieri preoccupati. "È sempre stata generosa e gentile con me e mi piacciono la sua compagnia e la sua conversazione arguta e piacevole. Per queste ragioni non me la sentirei di rifiutare la sua proposta, se dovesse arrivare. In ogni caso non sarebbe per moltissimo tempo, temo. Lei è già tanto vecchia, poi, ultimamente mi sembra stia declinando un po' e le sue condizioni di salute cominciano a preoccuparmi."

"Oh, non sapevo…È malata?" Bofonchiò Giulio con la bocca piena. Versò un bicchiere di vino alla sorella, che si era finalmente seduta a tavola.

"Si tratta solo di un'impressione, sai. Ha cominciato a lamentarsi di mal di stomaco e di pancia. Dice di avere la nausea e ha persino vomitato, cosa che non le capitava mai prima. Per fortuna non è da sola a casa. C'è il suo pronipote, il signor Fragomeni, che è arrivato a trovarla da una settimana e si tratterrà ancora qualche giorno. Sembra proprio pieno di attenzioni con la prozia, anche se non lo avevamo visto molto in passato." Carolina rifletteva. "Forse dovrei fermarmi dalla signora anche di notte, almeno per qualche giorno. Non sono sicura che si senta a proprio agio nel farsi soccorrere da un uomo, anche se è un parente, nel caso dovesse sentirsi ancora male mentre io non ci sono."

Giulio annuì. La sorella aveva ragione e la signora De Baronis era sempre stata molto gentile anche con lui.

"Fragomeni, hai detto? È uno non molto alto, cicciotto e sempre molto elegante?" Chiese a Carolina, che confermò con un sorrisetto.

"Penso di averlo visto in paese almeno due o tre volte. Le facce nuove si notano subito. Sembra una persona per bene."

"Penso che lo sia davvero. Mi è sembrato sinceramente preoccupato quando la prozia si è sentita male. Ha continuato a ripeterle che non dovrebbe restarsene da sola nella villa, senza la presenza di un'infermiera, e che, alla sua età la solitudine non aiuta." Carolina sparecchiò la tavola e cominciò a preparare il caffè, mentre Giulio sistemava pentole, piatti e bicchieri nel lavastoviglie.

Fratello e sorella avevano i loro piacevoli e rassicuranti rituali serali; dopo cena guardavano insieme un film su Netflix, seduti sul divano, con una tazza di caffè e dei cioccolatini. Per quella sera non parlarono più della signora De Baronis.

Il giorno successivo, alla fine della sua tornata per consegnare posta e pacchi, Giulio si fermò dalla signora Caretti. Aveva modificato il suo itinerario abituale per lasciare la casa della signora Caretti per ultima. Dopo la morte di Pisolino, l'ex-maestra era diventata molto più amichevole nei confronti del postino, come se si fosse creata tra di loro una specie di affettuosa complicità. La vecchia maestra aveva cominciato a preparare torte e biscotti apposta per la visita quotidiana del postino, e gli offriva quelle ghiottonerie con una ruvida sollecitudine. In cambio Giulio le raccontava quello che gli era capitato di vedere in paese e le ultime novità. Non erano semplici pettegolezzi, ma conversazioni abbastanza profonde sulla natura umana, ispirate dai fatti quotidiani.

"Mia sorella mi ha raccontato che il pronipote della signora De Baronis è venuto a trovare la zia. L'ho visto in giro per il paese. Mia sorella dice che sembra sinceramente preoccupato per la salute della zia…"

"Eh, caro il mio Giulio, diventare vecchi è una maledizione. Quello che mi spaventa di più e l'inevitabile processo di deterioramento mentale."

"Ma lei è molto più giovane della signora De Baronis." Giulio prese un altro biscottino dal vassoio che la signora Caretti gli porgeva, cercando di consolare la sua ex-maestra, che quel giorno sembrava molto malinconica. Ancora non riusciva a riprendersi dalla perdita di Pisolino.

"Dovresti piuttosto dire che sono meno decrepita di lei, non più giovane. Sarebbe più corretto." La donna ridacchiò senza malizia.

"Purtroppo la signora De Baronis non si è sentita troppo bene in questi ultimi giorni. Mia sorella è preoccupata sta pensando di fermarsi da lei anche la notte, almeno finché non starà un po' meglio. Per fortuna la signora non è sola a casa; il pronipote è con lei." Giulio era preoccupato anche lui; era buono d'animo.

"Mi dispiace molto," La signora Caretti era sincera. Non poteva considerare la signora De Baronis un'autentica amica, ma si conoscevano da molti anni. "Di che cosa soffre?"

"Niente di troppo serio, sembra. Non vuol saperne di chiamare il medico. Lo sa come sono le donne anziane..." Giulio si zittì di colpo, rendendosi conto di aver fatto una gaffe.

La signora Caretti non sembrava offesa. "La capisco. Anch'io non ho molta fiducia nei dottori. Vogliono sempre trovarti qualcosa che non va, quando ti visitano e, se proprio non ce la fanno a scovarti una qualche malattia, allora ti mandano a fare tutti gli esami di questo mondo, per arrivare a identificare chissà quale malanno."

"Carolina, mia sorella, dice che la signora De Baronis è diventata debole e si lamenta di dolori di pancia. Ha già vomitato alcune volte. Ma a parte questo, non si sente troppo male."

La signora Caretti improvvisamente si rannuvolò in viso. Assunse un'espressione pensosa, poi, dichiarò con determinazione,

"Giulio, mi devi accompagnare a casa della signora De Baronis. Non l'ho più vista da un sacco di tempo. Ma prima devo parlare con tua sorella."

Quella stessa sera, subito dopo cena, Giulio portò sua sorella Carolina dalla signora Caretti e fu spiacevolmente sorpreso quando la vecchia maestra gli fece capire che sarebbe stata una conversazione privata tra due signore.

Imbronciato, come quando, da bambino, Carolina sceglieva di giocare con un'amichetta, escludendolo, Giulio borbottò,

"Ah, bene, allora non ti aspetto, Carolina..."

"Uffa, piantala, Giulio! Sono una donna di quarant'anni, e poi Capacciano mica si trasforma nel Bronx dopo le nove di sera!"

Giulio e Carolina si divertivano entrambi a guardare le serie televisive americane quelle con avventure di poliziotti in varie grandi metropoli.

"Me ne tornerò a casa a piedi in tutta sicurezza."

Giulio si decise ad andarsene, ma rimase per qualche minuto, piazzato nel giardino, a fissare la finestra illuminata del salotto della signora Caretti. Poteva vedere le due donne in animata conversazione. Carolina annuiva e Giulio avrebbe scommesso che era preoccupata.

Come deciso, finito il turno di lavoro, Giulio passò a prendere la signora Caretti e l'accompagnò in macchina a far visita alla signora De Baronis. Questa volta Giulio non fu troppo sorpreso quando le due signore gli chiesero di aspettare in un altro salottino, mentre loro si sistemarono nel salotto privato della De Baronis, attiguo alla sua stanza da letto. Si era aspettato qualcosa del genere. Ma non restò solo a lungo.

Un uomo grassoccio, che indossava un raffinato abito di sartoria, entrò nella stanza, dove Giulio si era accomodato, e si presentò cortesemente come Francesco Fragomeni, il pronipote della signora De Baronis,

Immediatamente dopo, come se fosse stata evocata, arrivò Carolina, reggendo un vassoio con tazze di caffè e pasticcini.

Fragomeni la ringraziò e Giulio si sentì a disagio nel ruolo dell'ospite, servito dalla sorella in quello della cameriera.

Francesco Fragomeni parlava con un tono di voce particolare, che a Giulio fece venire in mente la predica di un parroco. Ringraziò Giulio per aver accompagnato un'amica a fare compagnia alla sua cara zia, che era sempre troppo sola in quell'enorme dimora.

"Purtroppo non posso essere con lei molto spesso. Lei capisce, con tutti i miei impegni di lavoro…" Disse Fragomeni, senza spiegare più in dettaglio in cosa consistesse la sua occupazione.

" Ma sono preoccupato. La zia è la mia sola parente e mi pare che avrebbe bisogno di una maggiore assistenza, adatta alla sua età e alle sue condizioni di salute…"

Giulio non sapeva cosa dire, così si limitò a sorridere e annuire, per dimostrare la propria attenzione. Il tempo sembrava non passare mai. Fragomeni gli fece domande superficiali sulla vita a Capacciano e chiese se c'erano begli alberghi e case di riposo nei dintorni.

"È davvero una zona bellissima. Non posso lamentarmi della città dove vivo, ma qui è tutto così rilassante…rinfrescante, direi." Fragomeni non precisò quale fosse la sua città, e Giulio non gli, glielo chiese.

Finalmente, dopo quasi un'ora, o forse di più ancora, Carolina riapparve insieme alla signora Caretti, che parlò con lo stesso piglio, fermo e severo, che usava per annunciare agli allievi un compito in classe,

"Ilaria, la signora De Baronis, è molto affaticata e si scusa per non essere venuta a salutarti di persona, Giulio. Se adesso vuoi essere tanto cortese di riportarmi a casa…" Scambiò un veloce sguardo con Carolina,

"Ah, mi stavo dimenticando di avvertirti che Carolina dormirà qui alla villa, questa notte. La signora De Baronis ha bisogno di assistenza."

Poi fece un cenno del capo rivolto al Fragomeni, con la distaccata eleganza di una regina, senza mostrare alcuna attenzione all'eleganza dell'uomo.

"Lei è il pronipote di Ilaria, vero? Lieta di conoscerla. Dovrebbe praticare un po' più di attività all'aperto, mentre ha l'opportunità di approfittare del nostro clima eccellente e di questa bell'aria pulita. Lei ha un colorito decisamente giallastro, caro signore."

Poi fece capire a Giulio, con un gesto della mano, che era arrivato il momento di andarsene.

Quando arrivarono a casa della maestra Caretti, dopo un quasi totale silenzio durato per tutto il breve viaggio, la donna tirò fuori dalla borsa una scatola di cartone e disse a Giulio.

"Dovresti, per favore, andare subito ad Arezzo, all'ospedale. Fidati, è una faccenda di enorme importanza. Chiedi della dottoressa Marina Sinisi, era una mia allieva e l'ho già informata per telefono. Dalle questa scatola. Non è necessario che tu attenda. Puoi tornartene subito a Capacciano."

Giulio era sempre accurato sul lavoro, ma quando si rese conto di aver infilato alcune lettere nelle cassette della posta sbagliate, si sentì preoccupato e umiliato. Dovette suonare i campanelli per chiedere a quelle persone di venire ad aprire le loro cassette per permettergli di rimediare ai suoi errori. Sapeva che era assolutamente necessario prendere in mano la situazione per rimettere a posto i suoi pensieri, e trovare le risposte che gli mancavano, altrimenti non sarebbe più riuscito a far bene il suo lavoro.

Si decise and andare ad affrontare la signora Caretti.

Quando bussò alla porta della sua ex-maestra, fu sorpreso dal ricevere un caloroso benvenuto.

"Giulio, come hai fatto bene a venire! Stavo per chiamarti io. Mi hai letto nel pensiero, prego, accomodati…" La signora Caretti lo guidò verso il soggiorno e andò a fare il caffè per tutti e due.

Aveva l'aria insolitamente eccitata e quasi divertita. Giulio non l'aveva più vista di un umore tanto buono dalla morte di Pisolino.

"Ti devo una spiegazione, caro Giulio. Ma adesso bevi il tuo caffè, mentre è ancora caldo." Sembrava che lei volesse dosare il piacere di sorprenderlo. Infine si decise,

"Ho ricevuto le risposte che aspettavo. La mia ex-allieva. Marina, che è la direttrice del laboratorio di analisi dell'ospedale di Arezzo, mi ha telefonato per confermarmi quello che già sospettavo. I campioni della sostanza che tu sei andato a consegnarle, su mia precisa richiesta, contengono Bromadiolone e fosfuro di zinco."

Giulio la fissò con gli occhi privi di espressione; non ci aveva capito nulla.

La signora Caretti sembrò perdere la pazienza. Alzò perfino la voce,

"Veleno per i topi, Giulio. Vuol dire che si tratta di un veleno per i topi! Hai capito adesso?"

No, Giulio non capiva perché la maestra tirasse fuori i topi. Non era un cretino, ma, ovviamente gli mancavo dei passaggi, che la signora Caretti dava invece per scontati. Come se lei si fosse di colpo resa conto del problema, la signora Caretti si calmò.

"Scusami, Giulio. Abbiamo deciso di non informarti subito, perché tu, come si dice, non sei capace di tenerti un cece in bocca, e, anche se involontariamente, sicuramente ti saresti fatto sfuggire qualcosa con qualcuno. Poi le voci girano, mentre noi abbiamo assoluto bisogno di discrezione per incastrare quel...quel disgustoso criminale." Rabbrividì con orrore.

Poi, si mise a spiegare per bene a Giulio tutto quello che era successo.

Le era venuto un sospetto, così, d'istinto. Si era consultata con Carolina e con Ilaria De Baronis e tutte insieme erano arrivate alla conclusione che Fragomeni, il pronipote, stava avvelenando la zia. La signora Caretti aveva raccomandato alla De Baronis di trovare una scusa per non scendere a cenare col pronipote, ma di limitarsi a mangiare quello che Carolina le avrebbe portato nella sua camera.

Mentre Giulio si trovava alla villa, occupato a chiacchierare con Fragomeni nel salotto principale, Carolina era andata a frugare nei bagagli in camera del pronipote. Da principio, era tornata indietro delusa, dicendo che non aveva trovato nulla di sospetto. Ma la signora Caretti le aveva chiesto di cercare ancora, anche dentro a piccoli contenitori dall'apparenza innocente. Dopo questa seconda ispezione, Carolina si era accorta che una scatola di talco da toeletta non aveva per niente profumo di talco, allora ne aveva prelevato un pochino e lo aveva consegnato alla signora Caretti.

"Siamo convinte che Fragomeni non abbia l'intenzione di uccidere la zia. Sarebbe il primo sospettato, se lei morisse avvelenata. Il suo piano è diverso. Vuole solo farla ammalare, indebolire, per persuaderla a farsi ricoverare in una casa di riposo o in una clinica privata per persone anziane. Poi lui potrebbe trasferirsi a vivere alla villa, con la scusa di non lasciarla vuota e a rischio di furti. Probabilmente poi tenterebbe di convincere la zia a firmargli delle procure e delle deleghe per gestire le sue proprietà. Credo s'immagini che, anche se l'effetto del veleno svanirebbe a poco a poco, quando la zia si troverà in un istituto, non tornerà più a casa, indebolita dall'età e timorosa della solitudine." Fece una pausa piena di suspense. Ma Giulio non le dette il tempo di continuare. La sua mente aveva trovato i legami logici che gli erano mancati e voleva dare il suo contributo.

"Che macchinazione terribile! Per fortuna che lei ha avuto questa intuizione geniale! Adesso che ci penso, mi sto convincendo che quel Fragomeni sia responsabile per gli animali avvelenati qui a Capacciano. Per quello che mi risulta, è arrivato in paese proprio due giorni prima della morte di Pisolino. Come lei ha giustamente detto, non vuole ammazzare la prozia, ma solo farla sentire male, quindi doveva fare degli esperimenti per trovare il giusto dosaggio. Penso che abbia provato la stessa dose con Pisolino e con Pancho, il cane del garagista. Sono morti tutti e due. Poi immagino che abbia tentato con una dose meno forte, che è riuscito a somministrare a Clementina, il maiale di Secondo Ripamonti. Clementina non è morta, ma ha vomitato ed è stata male, anche se per un tempo breve.

La signora De Baronis, malgrado l'età, è alta e robusta, anche se non ha la massa corporea di Clementina. Probabilmente Fragomeni ha ancora ridotto un pochino la dose che aveva usato per Clementina, e per i suoi scopi si è rivelata quella giusta."

La signora Caretti fece un sospirone,

"Penso tu abbia proprio ragione, Giulio. Mi rallegra il costatare ancora una volta che non sei un cretino. Rifiutavo l'idea, perché mi faceva troppo male. Ora sono costretta ad ammettere che Fragomeni ha ucciso il mio Pisolino per il suo vergognoso esperimento criminale. Pagherà per tutto questo."

"Andiamo immediatamente a denunciare Fragomeni!" Giulio si alzò di scatto.

"Forse non sei un cretino, Giulio, ma sei troppo impulsivo, e questo non ti rende più intelligente. Le nostre sono solo ipotesi, e l'unica prova consiste nel topicida che Fragomeni tiene nella sua borsa da toeletta, al posto del talco da bagno, Ma l'uomo potrebbe disfarsene facilmente e in fretta. Le nostre accuse sarebbero solo parole campate per aria. Abbiamo bisogno di qualcosa di più, qualcosa d'incontrovertibile."

Gli occhi incupiti e severi della signora Caretti dardeggiavano pericolosamente. Giulio pensò che non gli sarebbe piaciuto trovarsi al posto di Fragomeni, l'assassino di Pisolino. Lo sguardo della Caretti minacciava vendetta assoluta.

"A questo punto ho un incarico per te, Giulio. Fragomeni ancora non sospetta nulla e ignora di essere stato smascherato, quindi, con tutta probabilità, intende continuare con la sua macchinazione criminale. Se noi possiamo ottenere una prova fotografica del Fragomeni, colto nell'atto di aggiungere qualcosa di sospetto alle pietanze della zia, avremo in mano la prova definitiva. Tua sorella e la signora De Baronis fingeranno di comportarsi come al solito; Ilaria renderà le cose perfino più facili per quel viscido bastardo del pronipote, offrendogli tutte le opportunità. Ma tu approfitterai del momento e scatterai tutte le foto che puoi, per documentare il crimine. Tua sorella ha già fotografato la scatola del presunto talco..."

"Certamente voglio essere di aiuto, ma mica posso autoinvitarmi a cena alla villa, e anche se potessi, come faccio a chiedere a Fragomeni di mettersi in posa, per farsi ritrarre mentre versa il veleno nella minestra della zia?"

"Non essere sciocco. Fragomeni non si accorgerà della tua presenza; sarai nascosto dentro quell'enorme credenza della sala da pranzo, dopo che avrai intagliato un buco nel pannello di legno frontale, che ti permetterà di prendere foto belle chiare.

Giulio si sentiva scomodamente goffo, anche se il grosso mobile antico era largo abbastanza da permettergli di stare seduto all'interno in posizione quasi normale.

Carolina cominciò a servire la cena, con un'espressione del tutto impenetrabile. Giulio era ammirato dall'autocontrollo della sorella; lei non si voltò mai a sbirciare la credenza.

Dopo un leggero antipasto, che non rappresentava nessun rischio per la signora De Baronis, poiché Carolina l'aveva servito su due piattini separati, per ciascun commensale, fu messa in tavola una bellissima zuppiera di porcellana, colma di passato di verdura. In quel momento, Ilaria De Baronis sorrise al pronipote,

"Scusami, Francesco. Sai che ultimamente non sto benissimo. Ho bisogno di andare in bagno. Ma torno subito. Puoi iniziare a mangiare anche senza di me." Si alzò e uscì dalla stanza con uno sguardo di scusa.

"Non preoccuparti, zietta. Ti aspetto."

Fragomeni si servì dalla zuppiera e si riempì il piatto.

Giulio si sentiva come un leone in agguato dietro un cespuglio, pronto a balzare addosso a una zebra in arrivo, augurandosi che non avrebbe cambiato direzione all'ultimo momento. Fu fortunato; la metaforica zebra, dopo uno sguardo circospetto per essere certo che Carolina non sarebbe di colpo sbucata da qualche parte, tirò fuori di tasca una scatoletta metallica, come quelle che alcuni usano per tenerci delle pillole, e ne versò tutto il contento nella zuppiera, mescolando subito dopo la minestra con il mestolo.

Giulio scattò all'impazzata tutte le foto che poteva, sentendosi il re dei paparazzi. Il resto della serata fu molto meno adrenalinico. Secondo i piani, Carolina arrivò per scusare la signora De Baronis, che purtroppo non si sentiva bene e aveva preferito ritirarsi nella sua camera.

Chiese a Fragomeni, che aveva terminato il suo piatto, se per caso desiderasse ancor un po' di zuppa di verdure, prima di togliere la fondina davanti a lui. Parve a Giulio che gli occhi della sorella mal celassero uno sguardo molto ironico, Fragomeni, logicamente rifiutò e Carolina gli servì il secondo piatto e poi formaggi seguiti da una torta di frutta.

Fragomeni disse, alla fine della cena, mentre Carolina stava sparecchiando, che sarebbe salito a vedere come stava la zia. Carolina gli sorrise angelicamente, e lo informò che la signora si era già assopita, ma che lui poteva bere il caffè nel soggiorno, se lo preferiva.

Quando la via fu libera, Giulio poté finalmente uscire dal suo nascondiglio e, sulla punta dei piedi, come un ladro, lasciò la villa.

Francesco Fragomeni rimase folgorato dalla sorpresa quando fu arrestato. Tentò di negare tutto e poi finse di indignarsi, dicendo che mai avrebbe fatto qualcosa di male alla cara zia.

Ilaria De Baronis aveva insistito per andare a far denuncia personalmente, accompagnata dalla signora Caretti, Carolina e Giulio.

I poliziotti le dissero che l'accusa sarebbe stata ancora più pesante se si fosse potuto provare che Fragomeni aveva accuratamente premeditato il suo crimine in anticipo, per impedirgli di cercare di giustificarsi dietro un presunto, improvviso momento, di debolezza, rabbia o follia. Malauguratamente non c'era la possibilità di esaminare le carcasse degli animali morti, che potevano essere stati a loro volta avvelenati dal Fragomeni per i suoi esperimenti, perché erano stati inceneriti, secondo le disposizioni comunali.

"Non tutti…" Disse tristemente la signora Caretti,

Pisolino fu esumato, dopo che la signora Caretti ebbe ricevuto tutte le garanzie ufficiali che i resti del suo adorato gatto non sarebbero stati inceneriti, ma Pisolino sarebbe stato messo definitivamente a riposare nella sua tomba in giardino.

Il veleno che aveva ucciso Pisolino era lo stesso che Fragomeni aveva messo nel cibo della zia.

Un mese più tardi, Giulio consegnò, con una certa fatica, un grosso scatolone indirizzato alla signora Caretti.

La vecchia maestra chiese a Giulio di aprirglielo.

Accuratamente imballata, all'interno del contenitore di cartone, c'era una splendida statua di bronzo, a grandezza naturale, rappresentante Pisolino.

C'era anche un biglietto con queste parole:

In memoria di Pisolino, che, sacrificando la sua vita, ha contribuito a salvare la mia.

Con eterna gratitudine

Ilaria De Baronis

Ringraziamenti

Questa raccolta di racconti brevi non esisterebbe senza l'aiuto, diretto e indiretto, dei miei pazienti e specialissimi amici, ai quali devo gratitudine per il loro costante incoraggiamento, i consigli e l'aiuto pratico.

Roberto Capaccioli, detto "Il Capacciolo", mi ha dato infiniti spunti d'ispirazione per rendere l'immaginario villaggio di Capacciano il più reale possibile. Non a caso gli ha donato anche il nome. Roberto mi ha anche fornito la foto per la copertina di questo libro.

Costantino De Paoli, detto "Il Vecchio Costa", mi ha ispirato alcune storie, mi ha dato fiducia e mi ha suggerito i nomi che non ricordavo.

Federica e Marco sono il simbolo dei miei lettori italiani: forse pochi ma ottimi.

Come sempre la qualità è infinitamente più importante della quantità.

Il mio grazie più profondo va, come sempre, al mio ineguagliabile marito François, per avermi ascoltato, dato spazio e incoraggiato a scrivere. Senza di lui, niente avrebbe davvero senso.

www.ingramcontent.com/pod-product-compliance
Lightning Source LLC
Chambersburg PA
CBHW071131260626
47162CB00003B/747